金庸筆下世界

楊興安 著

JPC

金庸 1988 年與楊興安入職明報時合照。

楊興安出席北京大學金庸小說國際研討會，為主講嘉賓之一。

楊興安出席國際研討會，與日本、美國、以色列代表合影。

1996 年楊興安與潘國森於香港大會堂金庸小說講座。

2000 年出席北京大學金庸小說國際研討會。

攝於香港沙田文化博物館內金庸館前。

目錄

序言

新版序

紀念金庸誕生一百年

楊興安

年輕時創作欲旺盛，投考無線電視做編劇，幸而被錄取。度過年餘上課和實習，當了一個短時期的職業編劇。後因感到現實和理想總有一段距離，便辭職不幹，卻意外地學懂寫小說。但在動筆寫小說之前，希望找些名著來分析後更好。想到自己最熟悉的莫如金庸小說。

重讀金庸小說，發覺金庸小說不光是說故事，內涵深如淵海，內文蘊含著深刻人生道理與千絲萬縷或明或暗、或藏或露的人性。山外有山，天外有天；既然全部金庸著作既了然於胸，藏書又在身旁時，便著手撰寫談論金庸小說的大綱。誰知業餘時籌劃，光編排章目，對小說的各種題材不疏漏也不要重複，竟花了三個月的時間寫好二十章綱目。才動筆撰寫，又想不到只花三個月業餘時間，竟然寫了十章，約十萬字。適時無線電視台剛播出第一部金庸小說改編的電視劇，好友敦促我應配合時宜立即出版。我便投寄由無線電視企業創辦不久的博益出版集團。

當日撰稿之時，還未認識金庸。週一寄出，週二下午接得總編輯施祖賢先生電話，說當時已把書稿讀完，決定出版。隨之相約晤談，使我整日難掩歡愉之情。施祖賢先生是我的第一個伯樂，也是我投身社會遇到的第一個高人，至今感激不忘。和他攀談數次，深切體會到古人說「聽君一席話，勝讀十年書」的意義。施先生已歸道山多年，令人懷念。

書名為《金庸筆下世界》，出版後迅獲好評，尤其是對書中文筆用詞頗有稱譽。其實在撰寫時，也特別注意修辭造句，要典雅又要靈動，認為如此才可以配合金著的行文風格。

《金庸筆下世界》以漫談風格和讀者見面，內容則重剖析金庸筆下帶來的人性和生存環境對人生的影響。坦白說，這本書的表達，早十多年前未踏入社會是寫不出來的。拜金庸盛名之賜，此書在香港一而再版，在台灣亦極受歡迎，港台前後合共再版多次，當時罕見。今時隔多年，再誦舊文，發覺可能有些地方還不圓滿，但仍無意修改，畢竟是當年的見地，也想留下年輕時意念的痕跡。今新版則多添三篇附錄，都曾刊於當日香港雜誌。

後來當時台灣最大出版社沈登恩先生赴港，約見再寫續篇。答應下來，誰知三年才寫成，在台灣名稱是《續談金庸筆下世界》。隨之明報也替我在香港出版，改名《金庸小說十談》，是我交稿給金庸看時，金庸親自建議的。再過十多年後，本人曾出席幾次大型「金庸小說國際研討會」，發覺會上討論金庸小說能否列入文學作品，專家學者各持己見，仍未有定論。於是花點時間，撰寫《金庸小說與文學》，據理指出金庸小說其中文學元素和文學價值，成書後便是在內地文壇，也取得不少讀者學者稱賞。於是多年來，共撰寫了三本談論金庸作品的著述。

金庸一九二四年出生，二〇二四年剛好金庸誕生一百年，是個值得紀念的日子。回顧多年來，三本撰作當日雖然銷情不錯，但時日久遠，都差不多絕版了，因而拿出來再版，藉此紀念金庸大師。

三聯書店青眼有加，認為饒有意義出版，令本人如願以償，至為感謝。又蒙賴慶芳博士序文增光，陳萬雄兄鼓勵，以竟其功，謹此對兩位致以衷心謝意。

楊興安　謹誌　二〇二三年初冬

賴序

香江第一文膽

賴慶芳[1]

與楊興安博士相識已逾十個寒暑。源於香港作家聯會之聚會，詩人秀實力邀出席香港小說學會之活動，介紹了榮譽會長楊博士給我認識，彼此交換名片。時光匆匆，轉眼接近春秋十載。然而，與楊博士的首次同席晚飯，卻是幾年後的機緣巧合。朋友艾德雲與我出席孔教學院院長湯恩佳先生假港島會所舉辦的私人宴會，楊博士亦在席上。之後，不時在香江不同的文化場合遇上楊博士，也日漸熟識。

相識久後，得知楊興安博士本科及碩士畢業於澳門大學，並於中山大學取得博士學位，師

1 按：賴慶芳，倫敦大學亞非學院哲學博士，現任香港大學中文學院碩士課程講師。

承羅慷烈教授，古文根基深厚。據悉，他十歲多開始學古典文學，從《古文評注》開始打下根基。他說：「古文根基好，使我一生受益。」二十歲時，他買下全套《資治通鑑》來細讀，因為唐朝是中國史上最輝煌的時代而有點偏愛唐史。近年，楊博士愛閱讀明史，自云：「原本不喜歡明史黑暗，但故事發人深省。」他極力推介明成祖朱棣（一三六〇——一四二四）、張居正（一五二五——一五八二）等人的故事，認為讀者可從歷史故事中鑒古知今，對有志從政或從事管理之士大有裨益。

香江第一文膽

楊博士活躍於文化界，以筆力見稱；文章常見於《灼見名家》及各大刊物之專欄，盡顯深厚的古文根基。楊博士古文根基深厚，文采斐然，若要以數字評價楊興安博士，可以「香江第一文膽」稱之。為何如此說？他深得香港各界賞識，故成為商界、政界及文化界領軍人物的文膽，也是唯一能跨越此三大界別的文人。楊博士最早聞名於香港政商界，始於他曾擔任香港首富李嘉誠之文膽——擔任長江實業集團中文秘書逾六年之久。長實主席李嘉誠之演辭、集團之重要書信往來、文書公告，皆由他親自操刀。二〇〇一年香港第一屆特首董建華競逐連任，曾聘請他為各方書信及文稿把關，可謂特首之文膽。是年特首亦順利連任。然而，楊興安博士最為人所熟悉的，是他年輕時擔任著名武俠小說家金庸——人稱「查大俠」查良鏞的秘書。

金庸創辦香港享譽的中文報章《明報》，楊博士是社長辦公室的行政秘書，深得賞識與重用；而他對金庸武俠小說的瞭解超越常人，他不僅細閱各部武俠名著，更知道金庸對各小說人物及情節的看法。為此，他是探討金庸武俠小說的最佳人選之一。

家世鮮為人知

楊興安博士名傳香港文教界，因其散文曾被選為中學課文，又獲各大集團邀請教授員工應用文、商用中文等課程。然而，楊博士是書香世家，卻非人人知曉。一次談起近代歷史，他說起鮮為人知的歷史時，才偶然透露一點：「我堂伯父是興中會首任會長，與孫中山相熟。」想不到，原來他是晚清著名文士楊衢雲的堂侄。楊衢雲祖籍福建海澄（今廈門市海滄區霞陽村），一八九〇年創立輔仁文社，與孫中山的興中會合併後，即獲選為首任會長。一八九五年，楊衢雲策劃廣州起義推翻清政府，因事情洩露而被逼流亡海外。一九〇〇年，楊衢雲辭去興中會會長一職，由孫中山接手。翌年，清政府派槍手行刺隱居香港的楊衢雲，使之受傷失救而卒於一九〇一年一月十一日。香港特區政府為表彰楊衢雲為人民捐軀的奉獻精神，特於其墓旁立碑闡述其生平事跡。楊博士有時會感慨：「倘若廣州起義成功，堂伯父該是民國第一任總統。」楊博士於二〇〇九年創作舞台劇《無名碑》講述伯父的故事，並由致群劇社作多場公演。楊博士很少提及自己的家世，我也是認識他久了才知道一點，十分欽佩他的謙卑與處事的低調。

分析金庸小說人物與情節

即使楊博士廣為文化界認識，他還是平易近人、謙虛有禮，視晚輩為朋友。他的品格贏得朋友的敬重，其文章贏得讀者的青睞，《金庸筆下世界》仔細分析了金庸十四部小說的人物與情節，如「癡情秀才余魚同」、「東方不敗愛繡花」、「宋青書枉出名門」等等，令人目不暇給。又如「誰是大英雄」娓娓道來，如數家珍；作者分析仔細，獨到深入。年輕人更可從中學習其簡潔的筆法，用字遣詞的精準。楊博士的剖析乃依據小說中的描述，以情節佐證，不但讓讀者看到人物的立體面貌，還揭示人物的內心、個性與品格，金庸小說迷必定產生不同程度的共鳴。

由於筆者喜歡研究古代的美人，特別為書中一章題為〈黃蓉嬌俏與小昭情深〉所吸引。楊博士在章中談及金庸筆下的美女，更列舉了眾多女性角色中的十大美人，又推論出哪一位女角最可愛。楊博士認為美麗而能幹的女子，不及美麗而溫順的女子。溫順美麗而對愛人死心塌地的女子，是最可愛的女子。為此，楊博士選出《倚天屠龍記》的小昭作為眾多女角之冠。楊博士既透析了金庸的審美觀點，亦揭示了自己作為男性的審美喜好。事實上，從傳統的審美觀點而言，多數男性也會希望自己的妻子溫婉賢淑，此與男性的傳統心理，以及他們在男女兩性之間的定位，可謂有密不可分的關係。

細閱楊興安博士的文章，讀者一方面可以走進金庸的世界，觀其創造的磅礡武林世界，一方面可以回味小說中精彩及富趣味性的部分，重新審視其價值。與此同時，聰明的讀者更可通過文章對香港第一文膽楊興安博士有深入的瞭解。

原序

生命的啟示

楊興安

從十一歲開始，便迷上了金庸小說。還記得最初看的是《香港商報》連載的《碧血劍》，是崔秋山教袁承志打野豹的一段。無意發現一家之中，兄弟竟然全是金庸迷。那時小小薄薄的單行本，花一角錢在書攤租回來之後，相爭傳閱。大哥看完是二哥，四弟看完是五弟。這樣追讀的情景，一晃二十多年，印象之深，恍如昨日。

中學之時，大多數同學都是金庸迷，每每聊到金庸小說，各人都說小說好、寫得好。但究竟怎樣好，都說不出所以然來。一九七六年秋天，在一份新創刊的雜誌，寫了幾千字談論金庸筆下的男角，朋友都很愛讀，給我不少鼓勵。可惜後來停刊，便再也沒有提筆的興趣。

金庸先生的小說，最初看來不過是趣異的傳奇故事，但後來在社會混得久了，朋友認識得更多了，經歷了成功的乍驚乍喜、失敗的黯然與失落，對金庸筆下的世界，便有了不同的看法。再次執筆，便以金庸小說裏的故事為經，人心、際遇為緯，和其他的金庸迷交換一下意見，倒感到是一樁快事！

許多人詬病武俠小說荒誕怪異，對金庸作品也不例外。相信這些人對武俠小說的鑒賞力，一如提及《紅樓夢》便只知讚歎賈寶玉林黛玉的戀情一樣。其實優秀的武俠小說和《紅樓夢》共同有一個被這些人忽略的地方，就是它對世道人心的刻劃入微和世情際遇的可悲可歌。怪異又如何？難道《西遊記》便不怪異了？但沒有人敢否定它的價值和地位。所以一本著述不在乎它的風格故事，而在乎它究竟是否真的優秀和經得起時間的考驗。

一個人的生活，時間和空間有限，閱讀好的作品是增進一個人的閱歷、才學和待人處事能力的最好方法。個人以為金庸小說是涉足「社會大學」的最佳讀本。以後學的眼光來看，誠意地說，金庸先生的作品不敢說是十全十美，無懈可擊。但偉大的小說，總是對生活、對生命有一個基本的、正確的啟示；往往激勵人性，頌揚人類的偉大人格、無比的毅力、勇氣和高尚的情操。金庸的作品，事實上有這些「基因」存在。

個人與金庸先生素未謀面，從無交往，集文成冊，實是叨光。

又本書得以印行，與讀友見面，得蒙施祖賢先生鼓勵及幫助不少，筆者對兩位先生，謹致萬分謝意。

楊興安　一九八三年於香港

第一章　陳家洛變了小雜種——談男角

金庸的武俠小說，掀起一次又一次的高潮。讀者群體從大學教授到販夫走卒，小說趣味性之濃原不在話下，而產生共鳴範圍之廣，實屬罕見。要談他的小說，先自書中的少年英俠說起。

比較起來，他的各部作品中，男角都是一人，只有《天龍八部》例外。正如作者曾說，那部小說中，包括以前他筆下的人物，老讀者看後可能有似曾相識的感覺。其實《天龍八部》亦不是以一人所行所為作為故事經脈，故此主角會有幾人。不過可知道如以作品面世先後來看，金庸筆下的男角，每況愈下，愈來愈不討人歡喜。

歷劫多難　庸人厚福

先說《書劍恩仇錄》中的陳家洛，一個貴冑書生，是典型的白馬王子型人物，是少女的夢寐偶像。一方面陳家洛擁有今世間男子豔羨的榮華與本領，另一方面陳家洛背負著稀有的重擔與抑鬱。先要捨身救友，繼而要取得滿人江山，最後憑弔失去的愛情，終生悒悒。作者有意偏重主人翁先天的貴重身分。明裏是一人之下、萬人之上的國相之子，暗裏更是當今皇上的胞弟，這種寫法，純粹討好讀者（當然有它的衝突性）。就像童話的主人翁，有令人羨慕的地位，作者在這方面的用心，一直維持到十多年後的《鹿鼎記》。陳家洛是作者硬生生塑造的人物。在二十多年前愛聽故事的階段，陳家洛自然是個可愛人物，但比起後來的袁承志，他的吸引力顯然少了許多。

袁承志身分非凡，名將之後；是個聰明人（見與木桑對弈，功力進展之快），得異人垂青，以超常理時間，練得超常人之功力。袁承志的可愛在易於與人接近。在平凡外型中擁有高深武功，於是無往不利，一副大智若愚的德行。通常先使人小覷，隨而震驚以至懾服，寫得使讀者恍如親履其境，拍手叫個痛快。而陳家洛只不過予人台上看戲，台下叫好的感覺。袁承志的性格有血有肉，顯然在寫作上作者已跨進一大步。作者此時留意到人物性格上必要有較脆弱之處，否則像陳家洛一般天縱英才便太雕塑化。所以袁承志的聰明有一定限度，故此弄個機靈的溫青青來襯托一下。

袁承志生命中的悲劇性很少：只有父親死得冤枉，年少時艱難。結局時對時代、對社會有無可奈何之歎。隱居海外，帶著淡淡的愁哀。袁承志的性格與命運，俱因有說服力而動人，應該是作者筆下成功的人物。

隨後而來的是《雪山飛狐》和《飛狐外傳》的胡氏父子。金庸在這個時候，把主角從正面人物寫成灰暗的人物。就寫作而言，是可喜的現象。大膽創新，跳出已建立的方框。

胡氏父子都是含冤不欲辯白的人，只用行為為自己的人格求證。主角都要經過莫大的努力去取得社會地位，漠視所謂名門正派的歧視。胡一刀和胡斐的孤高，其實希望獲取更多的尊重，其中胡斐的本領，靠自學、靠活用獲得。家傳刀譜所佔地位極重，作者企圖表達環境與自勵的重要。與其說先天重要，無寧說自勵和善用環境更為重要。作者此時心意與《書劍恩仇錄》及《碧血劍》已見顯著不同。媚俗之中，賦上強烈的生活意味。在胡氏父子身上，隱然可見楊過的倔強及黃藥師孤高的影子，相信此時作者腦海之中，已孕育著射鵰故事的雛形。

射鵰的故事，金庸將男主角的先天優越亦抹殺，更強調努力。郭靖魯鈍、不斷吃苦、肯努力、仁厚，終而成功；但不要忘記作者對主角身分的重視，魯鈍的郭靖、失德的楊康仍是名門之後。但與邊疆名將，當今天子血緣的關係相比，地位已降一大截。金庸寫到這時，更為狠心，寫得主角生命受到威脅，以待死之身，完成未了之事，當然逢凶化吉。結果是個人生活美滿，娶得如花美眷，只有國事堪嗟而已！縱觀郭靖庸厚多福，是使人讚賞的性格；而要使讀者有代入感卻難。大抵庸厚易為，多福卻未必。郭嘯天義兄之遺腹子楊過，活得比以前任何一人坎坷，少失怙撫，有著不正常的童年，對世道不明，自成一格。作者仍著意強調克服環境的努力，又來死亡威脅的一套。求情花解藥一段，添上生存與道義的取捨，楊過滄桑飄零，個性過於倔強，遭遇過於奇詭，似乎作者太著意經營而與實際生活脫節。筆者既不愛楊過性格，比較上也不甚愛《神鵰俠侶》一書。

楊過之後，張無忌及令狐沖，一個個愈見悲劇性格，一個個愈見坎坷。張無忌是名門之後，在故事中是武當門人之後，比歷史名將之後身分又低一層。父母逼於環境，雙雙自殺而死，不可謂不慘。令狐沖更是一名無父無母的孤兒、身世極差，兩人都是從武功平平因際遇而得非凡武功。此兩人亦常臨死亡邊緣，苟全殘命，奮力更生。作者寫到此處，似乎男角無堅不摧、無敵不克的功夫，無可再寫。於是令狐沖變成了西部神槍手的化身。一劍在手，所向無敵。手中無劍，弱比婦孺，這點是在《笑傲江湖》中的一點新意，不過似乎並未被讀者叫好。

最後的《鹿鼎記》，金庸索性將主角身分降至最卑賤，是個長於娼館之中的小人物。韋小寶貪財好色，生性狡猾，與以往男角相比，天淵之別。但從貴冑的陳家洛到卑賤的韋小寶，一脈相承身分每況愈下，亦意料中事。小寶不學無術，騎牆苟且，反而諸事順利；男女問題最難處理，他卻一股腦兒連娶七個美人，來個歡喜收場。出身微賤，但最後享盡人間榮華富貴，看來極不合理，但讀者個個都看得點頭稱是，暢順無比。

金庸筆下的男角，經多年來的演變，有三大特色。一、男角的身分由極尊降至極卑；二、男角由先天的優越條件造成的成功漸次變為因後天的努力而成功；三、男角的遭遇愈來愈悲鬱失意。十餘年來寫作的風格改變，當然是隨著十餘年來生活經驗的改變而來，這位當今文壇的武林盟主，看來要和我們說：人生多苦難，庸人多厚福了！

誰是大英雄

小說之中，以武俠小說和偵探推理小說最受一般讀者歡迎。一般而言，武俠小說在武與俠之中，都夾有不少愛情故事。比較之下，偵探小說的愛情故事便較為遜色。武俠小說的愛情故事寫得好不好，直接影響整部小說的發展及可讀性。由於愛情故事比重這樣重要，書中的男女主角，便要寫得惹人愛慕，得人欽佩。女的要多情嬌俏，男的要俊美風流，更要武功蓋世；但金庸筆下的男角，沒有幾個是瀟灑倜儻的，反而愚魯憨直、相貌平庸的居多。

試以幾部長篇故事而論，男角之中，陳家洛外表瀟灑溫文，但內心抑鬱；蕭峰豪邁，但不解風情；袁承志山野草夫；郭靖忠厚魯鈍；胡斐苦難；令狐沖落拓；石中玉、狄雲為人純直；張無忌隨和；虛竹泥拘；俊美的只有楊過，瀟灑的只有段譽。但段譽之瀟灑，在於不通世務，是個出世人物，而非濁世佳公子；楊過早期，每每不忘父仇，機心處處，亦不見得如何倜儻磊落。說到造型之美，反而不及一把年紀的丁春秋那大袖飄飄、鶴髮童顏的神仙姿態，亦不及道貌岸然、寶相莊嚴的和尚鳩摩智，但這些男性角色，總有一股叫人感到親切、景仰、樂於接近的氣質。這種氣質，使讀者不期然中引起共鳴，覺得主人翁可親可近，恍如師友，甚而將小說中非情理的情節，亦全盤接受。

這許多人物之中，個個都是英雄，如果像梁山好漢一樣替他們排一排次序，哪一人最為出色呢？

我們欣賞英雄，但怎樣才算得上英雄？英雄稱得太濫，英雄一詞便失去意義。

一般而言，能人之所不能者就是英雄。舞台上魔術師的表演，人人拍掌叫好，他便成了觀眾心目中的英雄。一會兒大家下箸吃菜，菜弄得好，廚師跑出來亮相，廚師又成了英雄。吃飽了風馳電掣，飛車回家，駕駛得最快的司機，又成了最後的英雄。英雄何其多也！這樣看來，能人之所不能者，只是暫時的英雄。真正的英雄，要有過人的才能本事，要有高潔品德情操和為人設想、赴難犧牲的精神。

陳家洛最有條件，但他不是個英雄人物，他有本領，有德操，但做事拖泥帶水，缺乏英雄胸襟氣魄。縱然肯犧牲至愛的香香公主，但對英雄行徑，毫無幫助。當然以故事情節的推展，不能說他將乾隆殺了，自己做皇帝，漢人再統河山。不過他空負好身手，空有紅花會群雄輔佐，仍無可奈何，鬱鬱而終，怎算是英雄？

楊過是作者在諸人當中，最刻意經營的一個英雄人物，既然是神鵰俠，當然是一名鋤強扶弱、濟世為懷的俠士，不過楊過未成名、未與小龍女失散十六年之前，情癡則見，俠蹤難尋，所以予人英雄感亦不見太強。

此外，郭靖失諸爽快；令狐沖自憐自傷，更無英雄氣概；胡一刀、苗人鳳都有英雄氣概，不過不是少年英俠；張無忌著墨最多，雖然身懷絕學，品格端方，仍嫌少有令人胸懷激盪之事；韋小寶有術無方，與「英雄」兩字，相差更遠。男角之中，多情種子多於英雄人物，剩下來的，只有寥寥幾個堪稱英雄人物。

袁承志是個可愛的人物，而仍然說不上大英雄。尤其作者字裏行間，每每引導讀者說他是個有勇無謀的人物（才智讓他的女伴青青去表現），是個粗眉、黝黑、木訥的傢伙；但從他下山以來，待人處事，卻是一個謙和明智、技藝超群的英雄人物。先是在石樑派鬥五老中的謙厚，隨後是他折服梅劍和、劉培生、孫仲君的得體，對趾高氣揚二師兄歸辛樹夫婦的忍讓，簡直是個模範青年，後來再遇木桑。對弈一局，知道他有西藏之行，於是在棋局西隅絕境中放他一馬，免誤他彩頭興致，何等乖巧練達？及後收服洪勝海，技壓七省梟雄，具備一切成功領袖的條件。及至闖王入京，遍地哀鴻，悲天憫人，溢於言表，性格之完美，幾達頂點，可算是英雄人物。不過就是因為他的悲天憫人，缺乏了與闖王對抗、策變大時代的氣魄。這個英雄，只可算是個失敗的英雄。

虛竹也是個英雄，乍看虛竹怯懦泥拘，絕不能成為英雄，不過由上述三種英雄條件來看，虛竹一一皆備。英雄虛竹，受之無愧。

以武功而言，天龍三雄之中，蕭峰剛猛，段譽飄逸，虛竹淵博而一時瑜亮。虛竹除了武藝超群之外，宅心仁厚，情意高貴，世情巧妙得一步步迫使他走向成熟。看他降伏丁春秋，使人眉飛色舞、欣喜與共，誰說他不是大英雄。不過他是個沉默的英雄，沒有耀人眼目的光芒，而是熱熱的至誠至敬，璞玉無華，但究竟也是一個英雄人物。

比起虛竹，胡斐的英雄氣概激盪得多，胡斐無意中找上鳳天南的晦氣，為了一個素昧平生、平平凡凡的鍾阿四，與獨霸一方的大土豪纏上，簡直是明知山有虎，偏向虎山行。俗語說猛虎不及地頭蛇，藝成不久的小胡斐，悍然挑起這個擔子，全仗路見不平、拔刀相助的遊俠義氣。憑此一論，可想胡斐英雄犯難的氣概。

胡斐的難堪，不在鬥不倒地頭蛇，而是在鬥倒鳳天南之後；引誘與壓力，逼使他放敵人一馬，變得有始無終。胡斐的夢寐情人袁紫衣處處阻撓，軟硬兼施地勸胡斐收手，胡斐受到了考驗。後來鳳天南設局認錯，請有面子的人說情，賠不是，送鉅款，但胡斐仍不為所動，顯出威武不屈，貧賤不移，卓然傲立，睥視群雄。

筆者初看此段，覺得胡斐也未免太過，不近人情，既然人家低首下心，給足面子，又苦苦哀求，何必趕盡殺絕。但後來一想，又不以為然，鳳天南之所以有鉅款疏通，要人為之說項，全是其行奸結果，如果他不是巧取豪奪，又何以有此面子財力？兼且胡斐若是一介凡夫，早已死得不明不白，又何來對方低首下心？故此胡斐步步進逼，亦不為過。想來胡斐並非沒有恕道，而是鳳天南悔意不誠，低首只不過為了買命。鳳天南果有悔意，早應遁跡江湖，羞愧自責，豈會爭奪八大掌門之位？鳳天南果有取死之道。

後來胡斐義助徐錚馬春花，貫徹始終，浪跡遊俠，英雄本色。遇上紅花會群雄，和獨臂無塵道長快刀鬥快劍，瀟灑凌厲、豪氣十足，英雄姿采，躍在眼前。

胡斐是英雄，但與蕭峰一比，前者不過是孤雁浮萍，後者才是凌霄鷹鷲，兀立雄峰。蕭峰一現，如朝霞乍展，金光萬丈，他是英雄中的英雄。

金庸用波浪式的手法寫蕭峰，一波又一波、一浪疊一浪，將他的為人本領，慢慢地推向高峰。

蕭峰最初在酒樓現身，段譽見之暗暗喝彩：

只見西首座上一條大漢回過頭來，兩道冷電似的目光在他臉上轉了兩轉。段譽見這人身材甚是魁梧，三十來歲年紀，身穿灰色舊布袍，已微有破爛，濃眉大眼，高鼻闊口，一張四方國字臉，頗有風霜之色，顧盼之際，極有威勢。

蕭峰先是與段譽互相敬重，惺惺相惜，一個瀟灑，一個磊落，結為兄弟。跟著波濤陡起，如驟雨急至，生命中一個個關限打將過來：是杏子林裏幫徒突叛，是聚賢莊斷義殺友，是誣陷元兇如影隨形，步步進逼。好蕭峰始終慷慨從容，毫不畏縮，不驕不懈，凝神接戰。險阻重重，仍英雄兀立，無堅不摧，擋者披靡。

後段義救阿紫，義釋遼帝，帶著十八騎直奔少林，幾下功夫，將丁春秋打得落花流水，氣勢如虹，人心大快，蕭峰技藝人格，到此達至頂點，真千古英雄，人神共歎。

但他的悲劇性的命運，就是來自他的英雄性格。在遼漢相爭中，蕭峰為了千萬無辜生靈，犯顏請命，只有走諸自殺以謝一途。這個偉大光潔的人物，掌心一翻，將箭頭嵌進心裏，就此無聲無息倒在千軍萬馬之前。一時大地窒息，真不相信蕭峰就此絕命。而事實上，這個活在夾縫中的人物，就是這樣長眠不起，故事戛然而止，全書亦告終結，讀者無不掩卷浩歎。蕭峰是金庸筆下最偉大的英雄人物。對於人性本善、人格潛在的偉大，不無啟示。

韋小寶出路遇貴人

在所有故事之中，男主角都有幾點共通之處。除了性格上多是傲骨多情、宅心仁厚之外，便是他們大都身處夾縫中。左右做人難，是最顯著的一個共通之處。夾縫人物之中，際遇也略有分別，令狐沖是夾縫人物，但任我行一死，煩惱便消失了。蕭峰是夾縫人物，對遼漢雙方都充滿深厚的感情，而不相欺，結果以自殺來結束自己悲劇性的地位。張無忌是夾縫人物，而且是正邪兩派首要人物嫡傳，則以一己之本領、威信化解雙方仇怨，結局比較理想而接近神話。韋小寶的夾縫人物左右逢源，最為理想，但終歸也是鬱鬱不樂。

此外，楊康和乾隆都是半個夾縫人物，是夷是漢，在內心曾泛起一陣漣漪，終究偏向既成事實的一方。郭靖也曾嘗到和蕭峰一般的考驗。成吉思汗逼他順元，郭靖逃回南方，要在陣前和拖雷決戰，但郭靖歸根究底是個熱血男兒。大前提下，內心衝突較少，所以也只是半個夾縫人物。

除了夾縫的抉擇之外，苦難重重、命懸一線、身受絕疾煎熬，也是主要的共通點。

郭靖出道不久，便要到桃花島領死。楊過一出場便惹上李莫愁銀針之毒，後來又中了情花之毒，逼得吃下斷腸草。張無忌尚在孩提，被玄冥二老印了一掌。令狐沖救儀琳，重傷躺在妓院內，後來真氣無處宣洩，一路哼哼唧唧，僅剩半條人命，要到綠竹巷聽琴療傷。一眾英雄，在未成名立萬之前都身罹不幸，是命運弄人，抑或作者悲觀？

男主角第三種共通之處便是出路遇貴人，韋小寶當然是其中佼佼者。其他諸如胡斐遇上趙半山，與苗人鳳相惺；袁承志得穆人清為師後再遇上木桑道人及金蛇遺功；郭靖既蒙江南七怪收入為徒，再得洪七公垂青，與周伯通結忘年交；楊過得遇貴人更多，幾乎天下高手都對之青眼有加，先遇世交的當世大俠郭靖，隨後東邪西毒南帝北丐，連及周伯通都與之有不尋常交情，際遇之佳可見。神奇到連已逝世的劍魔獨孤求敗禽友大神鵰，對他也特別關照，其運氣之佳，好比拿了十元，在快活谷買馬，由第一場起連贏至尾場，而且是將全部獎金都積累買下一場。場場皆中，到了尾場用麻袋裝著鈔票回家一樣。

由於楊過際遇太過離奇，大大削弱了《神鵰俠侶》的回味性，反呈敗筆。《天龍八部》中的虛竹，也有類似的神奇遭遇，不過不是連番皆捷，而是一矢中的地領去積累巨獎。一個平凡的和尚竟成了當世第一神醫、一流武術高手、堂堂大國的駙馬爺。種種優遇，全憑出路遇貴人——遇上無崖子。不過古往今來之中，際遇之隆，貴人之多，不得不數金庸的「關門主角」韋小寶了！

有人讚韋小寶，說他聰明伶俐，辦事妥當；有人貶韋小寶，說他奸詐浮滑，不明忠義。幾乎可以分成兩派，互罵一番。真難相信有韋小寶這樣的一個人物；一個小小的孩童，竟然可以在皇宮、官場、異族、秘密幫會的爭鬥中，履險如夷，逢凶化吉。每一個成名的人物，都被他弄得服服帖帖、言聽計從，怎可能有這樣的小孩子呢？但當讀《鹿鼎記》的時候，就覺得他是站在身旁，擠眉弄眼，伺機向你惡作劇的小頑童。希望遇到韋小寶嗎？筆者則極之渴望遇到這樣一個人物，遇到他，就是遇到福星。

韋小寶憑什麼平步青雲？他有學歷嗎？沒有！是世家嗎？不是！他只不過是個老妓的私生子。有什麼才幹？倒也不見得有什麼才幹，但總是遇難呈祥，恐怕這就是他的才幹。有人以為這不過是韋小寶的好運。對！韋小寶運氣之好，千古第一人。但他有本領嗎？

翻開《鹿鼎記》，韋小寶際遇之奇，天下第一；運道之佳，也是天下第一。韋小寶至少囊括了十個天下第一：

甲：韋小寶出身於當時天下第一的繁華城市——揚州。

乙：隨茅十八到天下第一大國的首都北京，去會滿洲第一勇士鰲拜。

丙：和天下第一年輕有為的君主康熙大帝結交，並成密友。

丁：被譽為天下第一個值得結交的人物——陳近南收入為徒。

戊：任天下第一反清幫會香主。

己：遇上神龍教，受教中第一號人物洪教主青睞。

庚：天下武功第一的獨臂神尼收之為徒，信賴殷殷。

辛：會天下第一奸雄吳三桂。

壬：見天下第一美人陳圓圓。

癸：把西歐第一大國君主蘇菲亞女王做情婦。

這十種奇遇，恐怕一般人三輩子也不會遇上一次。《鹿鼎記》中倒有一次寫出五個第一的描述：

吳三桂叫道：「不可輕舉妄動，大家退後十步。」眾衛士齊聲答應，退開數步。九難冷笑道：「今日倒也真巧，這小小禪房之中，聚會了一個古往今來第一大反賊，一個古往今來第一大漢奸。」韋小寶道：「還有一個古往今來第一大美人，一個古往今來第一武功大高手。」九難冷峻的臉上忍不住露出一絲微笑，說道：「武功第一，如何敢當？你倒是古往今來的第一小滑頭。」

大反賊是闖王李自成，漢奸是吳三桂，美人是陳圓圓，高手是九難，滑頭是韋小寶。其實韋小寶不用做過什麼，單是一生中遇到這許多第一號人物，已是天下第一奇人。韋小寶的好運，是出路遇貴人，整本《鹿鼎記》是寫奇遇的奇書。

韋小寶的奇遇，後面跟著的往往是奇險。遇上康熙這個精明的君主，伴君如伴虎，稍一不慎，禍生無門；闖到天地會、神龍教，對應稍不得體，立遭非命；在奸雄吳三桂勢力內逗留，鉤心鬥角，更是每一刻都身陷險境；遠至俄國，處事不宜，亦易屍埋異域。韋小寶的逢凶化吉，便不得不顯出他的本領。韋小寶有三種看似平凡，但實際極難做得到的本領。

他的本事，亦即是他天賦的長處。故事裏寫得最直白的是他的義氣。所謂義氣，是包括他對人敬重和仗義疏財。他不欺騙好友，繫念師門，不做有虧大義的事。雖然，韋小寶得到的都是不義之財，而且早就闊得金山銀山了。但須知有財富未必一定疏財，凡財富由點滴積聚而成巨富的人，反而最斤斤計較、最吝嗇。所以仗義疏財看來最是容易，但實在是最難辦到的本領。何況，疏財的對象又是這樣的恰到好處。這不是本領是什麼？昔日孟嘗君、平原君、春申君名震天下，傑士歸心，就只是靠這種本領。

韋小寶的第二種本領是知行知止，知進知退。面對著康熙這樣一個英明人物，馬屁不能不拍，但又不能著痕跡。能叫受者欣喜，旁聽者不覺肉麻。這點功夫，許多人拜師也學不到。韋小寶就能做到這點，他知道什麼時候應表示什麼態度，說什麼話，這一點最為重要。韋小寶抄鰲拜的家，強吞其財產一半。這時他就膽敢冒殺頭大罪，面對皇帝說謊。因為他拿捏得準，康熙不會因這些錢財的事查根問底。只是這一次，就見他有膽有識。

另一次他們遇上歸辛樹一家，眾人被歸鍾戲耍，路上遇上何鐵手，問及何以要迷倒他們三人。韋小寶怎樣應對呢？

> 韋小寶於是將如何與那老翁在飯店相遇的情形說了。徐天川等為那病漢戲耍一節，自然略過了不說，只說這癆病鬼武功厲害，大家不是他敵手。

韋小寶漏說一節，無誤梗概，但免了眾英雄窘態。既為人著想，又不滅自己威風。韋小寶實有成功之道。

韋小寶的第三種本領是知人善任，這是身居要位的人的最重要本事。許多人自己有才幹，但卻沒有知人之明。有些人有知人之明，但見人家不投靠，便不予委任。知人善任四個字，包括了學識和宏量，是做人做事最高境界的最高本領。知人之外，還要自知，韋小寶當然也自知：

走過去將玉碗捧在手裏，心想：「加官進爵四字的口彩倒靈，他送我這隻玉碗時，我是子爵，現下升到伯爵啦。我憑了什麼本事加官進爵？最大的本事便是拍馬屁，拍得小皇帝舒舒服服。除這些之外，老子的本事他媽的平常得緊，看來凡是有本事的人，不肯拍馬屁，喜歡拍馬屁，便是跟老子差不多。」

韋小寶就是憑人家不肯拍馬屁，瞧不起自己，而發掘到俊才趙良棟，趙良棟以為韋小寶要弄他而發怒，韋小寶紆尊降貴地向他賠罪，趙良棟誤會他學問好，韋小寶坦言目不識丁。單看這一段，已見韋小寶將將之才：竟然肯任用一個瞧不起自己的人。而「籠絡」的手段是坦誠向人揭開自己的弱點。這怎教趙良棟不肯為他賣命？不肯悉力以赴？

攀得位居要津難，居要津而不受阿諛自驕自賞更難。這是韋小寶的本領。韋小寶除了提拔趙良棟外，對施琅的平步青雲，對世居台灣的平民，也做了一件好事。施琅破台後，朝廷突然要棄守台灣，韋小寶對他說了一番話。正是在官場打滾的金玉良言，又有多少人能說得出來？

韋小寶道：「是啊，你這次平台功勞不少，朝中諸位大臣，每一個送了多少禮啊？」

施琅一怔，道：「這仗著天子威德，將士用命，才平了台灣，朝中大臣可沒出什麼力。」

韋小寶搖頭道：「老施啊，你一得意，老毛病又發作了。你打平台灣，人人都道你金山銀山，一個兒獨吞，發了大財，朝裏做官的，哪一個不眼紅？」施琅急道：「大人明鑒，施琅要是私自取了台灣一兩銀子，這次教我上北京給皇上千刀萬剮，凌遲處死。」韋小寶道：「你自己要做清官，可不能人人跟著你做清官啊，你越清廉，人家越容易說你壞話，說你在台灣收買人心，意圖不軌。」

……韋小寶哈哈大笑，只笑得施琅先是面紅耳赤，繼而恍然大悟，終於決心補過……韋小寶命官庫墊款六十餘萬，湊成一百萬兩，又指點他何人必須多送，何人不妨少送，施琅感激不盡，到當晚初更時分，這才開船。

韋小寶這一席話，站在道德立場，毫無可取地方。但形勢確是這樣，少了這一番話，朝廷真的堅持棄守台灣，萬民流離悽苦可知，韋小寶的油滑本領，卻令萬家生佛，誰說韋小寶沒有本領？誰能說他的榮華富貴，光憑好運？

依筆者看來，韋小寶的成功在於洞悉人心。世上有這樣玲瓏剔透的人物絕不稀奇，但很少會是個十多歲的小孩子。韋小寶性格的戲劇性和真實性的矛盾就在這裏。他的性格在真實性中糅合了戲劇性。在戲劇性中流露了真實的人性。真真假假，就是寫作上的藝術性，使讀者看得津津有味，心曠神怡。無論如何，韋小寶享盡了人間一切的福氣，包括才智之士難享的清福（在通吃島的優游歲月），但韋小寶並不快樂。

他整天擔心天地會知道他心向康熙，又擔心康熙找他滅卻天地會，一個活在夾縫中的人物，怎會有快樂呢？只有在最後，他拋開名位，避居大理，才心安理得。但身在江湖，叱吒風雲之際，又有幾許人可以拋卻名位？

第二章　黃蓉嬌俏與小昭情深——談女角

金庸筆下美女之多，美女之動人，使人怦然心動，眼花繚亂。一提及女角，總是使人泛起柔情貌美、情才高逸的小姑娘的影子。這種印象，大抵由於她們都是深情款款，和男主角發生難捨難離的情愫所致。

十大美人與誰最可愛

在十多部小說中，給人印象深刻，比較突出的有四大女角，就是射鵰的黃蓉、神鵰的小龍女、倚天的趙明（敏）和天龍的王玉燕（王語嫣）。此外，令人難忘的還有香香公主喀絲麗、周芷若、袁紫衣、程靈素、溫青青、何鐵手、阿朱、雙兒等幾人。群雌之中，以讀者眼光來看，究竟誰最美麗，誰最可愛呢？

在男性心目中，直覺上誰最美麗，誰便最可愛。但金庸筆下有七大美人，雖然在小說中的位置不見得特別重要，但儀采風姿、體態聲調，無不令人心神俱醉。想到是哪七位美人了嗎？

（一）

青青聽她吐語如珠，聲音又是柔和又是清脆，動聽之極，向她細望了幾眼。見她神態天真、雙頰暈紅，年紀雖幼，卻是容色清麗、氣度高雅，當真比畫兒裏摘下來的人還要好看，想不到盜伙之中，竟會有如此明珠美玉一般俊極無儔的人品。

——阿九（亦即長平公主）

作者借一個美女之口，衷心讚歎另一個美女之美，自愧不如。阿九之美可想而見。阿九之美，清暉之中，帶著人間高雅貞潔，一般人形容美女，只談樣貌。但作者在這兒卻繪聲繪影，美人胚子恍至眼前，真個掩卷猶香。

（二）

但眼前此人除了改穿道裝之外，卻仍是肌膚嬌嫩，宛如昔日好女，她手中拂塵輕輕揮動，神態甚是悠閒。美目流盼，桃腮帶暈，若非素知她是個殺人不眨眼的魔頭，定道是位帶髮修行的富家小姐。

——李莫愁

作者將一個成熟的美女寫得淋漓盡致，桃花風姿、豔光流射，縱是殺人魔鬼，天下男士均有親近而後快的感覺。

（三）

只見她秀雅脫俗自有一股清靈之氣。……楊過見她腰肢婀娜，上身微顫，心中不禁一動……手指尖上卻又一陣劇痛。

——公孫綠萼

公孫小姐宛如空谷幽蘭，未沾風露而楚楚有致，見之動心者，又豈止楊過一人？

（四）

只見一個黃衣少女笑吟吟地站在門口，膚光勝雪，雙目猶似一泓清水，在各人臉上轉了幾轉。這少女容貌秀麗之極，當真如明珠生暈、美玉瑩光，眉目間隱然有一股書卷的清氣……不自禁地為她一副清雅高華的氣派所懾，各人自慚形穢、不敢褻瀆。

——苗若蘭

苗若蘭之豔，帶著七分雍雅，周身寶光流動。令人景仰傾慕多於親近，是作者筆下由凡人晉至仙人的人物。

（五）

段譽登時全身一震，眼前所見，如新月清暉、如花樹堆雪……段譽但覺她楚楚可憐、嬌柔婉轉，哪裏是個殺人不眨眼的女魔頭？

——木婉清

木婉清的豔麗，和公孫綠蕚近似，但又多兩分清純光潔、奪人魂魄、扣人心弦。

（六）

她容色晶瑩如玉，映照於紅紅燭光之下，嬌豔不可方物。

——方怡

方怡美得婉轉柔媚、文靜雅致，散發出陣陣醇香，中人欲醉。

（七）

這女子四十歲左右年紀，身穿淡黃道袍，眉目如畫、清麗難言。韋小寶一生之中，從未見過這等美貌女子，他手捧茶碗，張大了口竟然合不攏來，霎時間目瞪口呆，手足無措。

——陳圓圓

這位亡國美女，人到中年，儀容鼎盛，仍然恍如再世觀音，端麗中帶著莊嚴，就是衝冠一怒為紅顏中的紅顏陳圓圓了。

上述七人，其中有少女，亦有中年婦人，而且有兩個還是手沾鮮血、殺人不眨眼的魔頭。但她們之中，一些令人心儀讚歎，一些流露潔美光華，一些叫人失儀自慚，同樣是雅致高潔、清麗端方，都會使男人神眩魄奪、赴湯蹈火。不過由於小說中對她們著墨較少，她們的光芒遂為人掩蓋。

其實除了上述七位美人之外，作者亦刻意將香香公主、小龍女、王玉燕（王語嫣）、阿珂寫成絕色的人，可是香香公主被寫得太冷，是個給人印象朦朦朧朧的白衣仙子，恍惚得不可捉摸，形象上又和小龍女十分接近。王語嫣和阿珂的美貌，形象也十分模糊，只不過她們的美色，令段譽和韋小寶癡癡呆呆、失魂落魄，甘於捨命而已。但所謂人各有愛，段韋兩人之癡，未必能使讀者共鳴，又阿珂縱然貌美，但算上陳圓圓，阿珂只好退到第二線，所以上述七人，加上小龍女、王語嫣、黃蓉，便是金庸筆下的十大美人！

美人與美人，最難比較，不過就小說中所述，筆者以為阿九這個長平公主最美。但她不是小說中最可愛的女性，在盤算最可愛女性之前，先來看看小說中四大名角的現身出場。

黃蓉：

那少年約莫十五六歲年紀，頭上歪戴著一頂黑黝黝的破石帽，……露出兩排晶晶發亮的雪白細牙……眼球漆黑，甚是靈動。（男服出場）

只見船尾一個女子持槳盪舟，長髮披肩、全身白衣，頭髮上束了條金帶，白雪一映更是燦然生光。……只見那女子方當韶齡，不過十五六歲年紀，肌膚勝雪、嬌美無匹、容色絕麗、不敢逼視。（黃蓉初次女服現身）

小龍女：

郝大通聽那聲音清冷寒峻，心頭一震，回過頭來。只見一個極美的少女站在大殿口，白衣如雪，目光中寒意逼人。……除了郝大通內功深湛、心神寧定之外，其餘眾道士見到她澄如秋水、寒似玄冰的眼光，都不禁心中打了個突。

趙敏：

只見他相貌俊美異常，雙目黑白分明、炯炯有神，手中摺扇白玉為柄，握著扇柄的手，白得和扇柄竟無分別，但眾人隨即不約而同地都瞧向那公子腰間，只見黃金為鉤、寶帶為束，懸著一柄長劍，劍柄上赫然鏤著「倚天」兩個篆文。（男服出場）

只見一個身穿嫩綠綢衫的少女左手持杯、右手執書，坐著飲茶看書，正是趙敏，這時她已換上女裝。（女服現身）

王語嫣：

段譽不由得全身一震，一顆心怦怦跳動，心想，這一聲歎息如此好聽，世上怎能有這樣的聲音？……只見一個身穿藕色紗衫的女郎，臉朝著花樹，身形苗條、長髮披向背心。用一根銀色絲帶輕輕挽住……只覺這女郎身旁似有煙霞輕籠，當真非塵世中人。……眼前少女與那洞中玉像畢竟略有不同，玉像冶豔靈動，頗有勾魂攝魄之態，眼前少女，卻端莊中帶有稚氣。

金庸筆下四大女角之中，作者最刻意經營的是王語嫣。她的出場，先只聞其聲，再是背影，最後才現身。但總不及黃蓉寫得俏麗可人。小龍女和王語嫣，有點不食人間煙火、神仙中人的氣象，至於趙明（敏），則是一個金馬玉堂的高貴人物。神仙人物，宜單思單戀，不宜與之談情說愛，褻瀆靈聖。黃、趙兩人，都是雄踞一方的掌珠，不過兩人一比，趙敏仍是千金小姐，黃蓉則更近俏皮丫頭。四人相論，自然黃蓉最為可親可近。

四人之中，心計幹練，當以趙敏第一，黃蓉雖然能幹，但與趙敏統率群豪，在風波險惡的江湖打滾，御屬氣度雍華，下人心服口服的才幹相比，不免差了一截。小龍女和王語嫣不通世務、清純可愛，但在污濁紅塵，可欣賞而不可羨慕。四人相同之處是同樣情深義重，不過與男主角感情的聯繫，又各有不同。

楊過對小龍女的愛戀，既近似觀音膜拜情況，亦隱然有多少戀母狂的潛在意識，情愛之中，帶有崇敬依戀之意。當日小龍女迷倒不少少年讀者，筆者亦是其中一人，將之視若夢中情人，但十餘年後再看，不禁啞然失笑，小龍女之惹人，在高逸出塵，而敗筆亦在此處，就是無血無肉、悲樂漠然，既然這樣，何不索性膜拜白玉菩薩？所以小龍女不能成為最可愛女子。

王語嫣（作者刪改之中，以將王玉燕改作王語嫣改得最好）固然令人傾心，但與段譽之感情，單程行駛、有去無回，何趣味之有？一個女子能令男子傾折，筆者以為有三個基本條件，一是樣貌端方，二是行止明達，三是對自己有善意好感。王語嫣對段譽，久久未見應有之回應，寡情如此，又豈能列之為最可愛？雖然，王語嫣心繫慕容公子，但情癡無由，頭腦閉塞可知，顯然花不解語，與之攜手闖蕩江湖，乏味可想而知。

攜手闖蕩，和黃蓉是至佳伴侶。黃蓉年少之時嬌俏可愛，但在神鵰中再露一面，中年的黃蓉，猜疑護短，一如平凡婦女，神人色彩大為褪色，與胡一刀妻子相比，應自愧不如。在《雪山飛狐》中，看看胡夫人，知道丈夫要和天下第一高手苗人鳳決一死戰前，對丈夫的關心、愛護、信賴、瞭解、敬重，平平冷冷地表現出來。直至丈夫意外身死，她有條不紊地託孤，淡然情殉愛侶，將夫妻愛侶相敬相重的情義表達到人類至高情操的境界。黃蓉中年後匆匆出場，可愛之處，看來還要讓胡夫人一步。

剩下的趙敏，應是最佳人選了？趙敏的確明慧周到。趙敏與張無忌一起，總有張無忌受趙敏照顧感覺。若身為張無忌，當帶三生有幸之感。但與人比較，張無忌又不及韋小寶的快樂逍遙。韋小寶有雙兒在身旁，總是得心應手、心曠神怡、逢凶化吉，以雙兒為伴，又何以勝過趙敏？這便是千萬女子不明白男子之處。說穿了，雙兒是以侍婢身分陪伴韋小寶，百分之百滿足了男子那種大男人主義的心理。無論趙敏的照顧如何妥帖，除非是一個優柔的男子，否則會有煩厭的一天。但雙兒以侍婢之道敬奉韋小寶，相信變了韋老寶亦會開心如儀。看《鹿鼎記》的男子，無一不希望有個雙兒一般的妻子。

既然最可愛的女子選雙兒，不如選半個波斯女郎的小昭。小昭和雙兒有許多相似的地方，也許雙兒就是小昭的化身。寧取小昭，不愛雙兒！就是因為雙兒的性格太單調、太假。這個人好像是為了韋小寶才投胎人世。無笑無淚，你不會替她著急，不會替她擔憂。一個你不會替她擔憂的人，你對她的愛能有多深呢？

小昭不同，小昭有血有肉、有嗔有怨，她能委屈扮醜女、充侍婢。而非為自己的私利，對張無忌情深款款又黯然自傷，對情郎有無言的依戀、無盡的失落，楚楚動人，讀到酣處，忍不住希望能把她摟在懷中呵護。假令女子都離開了身邊，急急流年、滔滔逝水，最令人懷念的是誰？自然是小昭。所以筆者以為，金庸筆下之中，最可愛的女子，竟然是十大美人以外的小昭呢！

命運與無奈

小說的人物，不是男便是女，談女的不能只說少艾嬌娥。老醜奸險，一樣有可談之處。人物的命運際遇，一半基於此人的性格。寫好人性格容易，寫壞人性格也不難，難在把一人的性格寫得好壞參半，既可恨，亦可愛，進一步是忠，退一步是奸；左看可恨、右看可敬，金庸就是把這樣複雜性格的人物寫得活靈活現，躍在眼前，滅絕師太就是這樣一個既令人難忘、令人痛恨，又令人敬佩的人物！

滅絕師太顢頇高傲，但技藝超群，小器狠冷，但又正義凜然。這樣的人物，極難對她下一判語。總之，或可以欣賞，但一定不可以接近，滅絕師太是什麼樣子呢？

忽聽得一個清脆的女子聲音說道：「曉芙，怎的如此不爭氣？走過去便走過去！」……走近身來，只見她約莫四十四五歲年紀。容貌算得甚美，但兩條眉毛，斜斜下垂，一副面相便變得極其詭異，幾乎有點兒戲台上的吊死鬼味道。

——《倚天屠龍記》明河初版五零四頁

這回金庸有點自掌嘴巴。滅絕師太的「滅絕」造像也差不多了，有點兒吊死鬼的味道，且在後遇上蛛兒時，還說她是個「白髮蕭然的老尼」。但何以偏偏說她「算得甚美」？可見前後矛盾。而年紀寫得太輕，聲音太好聽，依她的性格把她說成一個六十歲的尼姑倒差不多。但隨後而來寫滅絕師太應付不同的人物，便精彩萬分了。

初是遇上金花婆婆，兩個中年婦女，都是一流高手，同是萬分高傲。滅絕師太見徒兒受辱，雖則煩惱自招，但也在嘴上損了金花婆婆兩句：不在靈蛇納福，卻來中原生事。金花婆婆回敬她說要找個和尚道士做伴，譏刺對方身為尼姑也四處走動。兩位高人，一言不合，立即交手，金花婆婆憑異器在兵刃上佔了一招，引得滅絕師太亮出倚天劍，嚇得金花婆婆飄然而去。滅絕師太不以敵人引退而驕矜，反而告誡門人，可見確具大將風範、智勇雙全。

滅絕師太雖然護短愛徒，但正邪不兩立觀念根深蒂固，竟然忍心犧牲至愛的徒兒奉侍「邪魔」以求滅「邪魔」，憑情而論，滅絕師太之「犧牲」更在紀曉芙的「犧牲」之上。心狠情決，無非追求真理，動機不可謂不崇高。及至紀曉芙不允，隨即伸掌拍落，取她性命，手段不可謂不狠辣。

滅絕師太寡言冷峻、自高自大，但從不輕覷敵人。大漠中青翼蝠王韋一笑咬人吸血，殺了她一個弟子，她亦無可奈何，反而讚敵人輕功高強，自愧不如。丁敏君詆毀敵人奉承她一下，立即被她掌摑，且說：勝負之數，天下共知，難道天下英雄好漢是自封的？憑她這幾句話，不知羞卻多少天下宗師！有多少個獨當一面的人物，能有這份自知之明和這樣廣闊的胸襟？

跟著滅絕師太手持倚天劍，衝入銳金旗陣，如虎入羊群，大開殺戒。最後將毫無反抗能力的敵人的臂膀，逐一斬下，迫人求饒，狠絕之處，泯滅人性。相比之下，她出手斬蛛兒手指，一舉不中，再不出擊，便仁慈得多。

最後滅絕師太大都受困，不受張無忌出手相救，死火海之中，這段寫來悲壯之極，亦完成了滅絕師太的人格，貫徹了她一向正邪不兩立的宗旨，不向邪魔「妥協」而求生。滅絕師太之「殉道」，燃出她的生命最後的火花。由於她在此情此況下之一死，使她的生命、人格都發出光輝。

假如滅絕師太接受張無忌的相救，領了魔教的情，則以前種種言行，便接近虛偽做作，經不起考驗，人格大大打了折扣。一個人吝嗇固然不好，但他對別人吝嗇，對自己也同樣吝嗇，他的吝嗇便成了可原諒的缺點，由於滅絕師太的人格貫徹始終，她的顢頇滅絕，也成了可原諒的缺點。總括來說，她已達到了不起人物的境界！

金庸著作中的女角，筆者以為最悲慘的莫如周芷若。周芷若依作者說來，是一個政治人物，並不喜歡她（見《倚天屠龍記》後記）。

小說中有許多人物有悲慘的命運，但不是由性格執拗帶來悲慘命運，便是得失之心太重而失落，悲慘的遭遇，大半可說是由自己造成的。但周芷若的悲劇性，含有希臘的英雄式悲慘色彩。她的悲慘命運是自選的、犧牲的。一步一步地走向黑暗而不能自拔，她沒有朋友，忍受誤解，犧牲她生命中最寶貴的東西——愛情。她的悲慘命運閃爍著一種偉大的人格。

她的悲慘命運，決定於滅絕師太臨終的一剎那。在滅絕師太積威、下跪相求之時，周芷若應允她三件事：一是立下毒誓，不對張無忌傾心；二是接任掌門；三是以美色相誘，取得屠龍刀。滅絕師太將周芷若自幼撫育成人，親情若母，又是授業師尊，嚴敬若父。加上滅絕師太平日積威冷峻，今日竟下跪相求，在情在理、在形在勢，都不由周芷若不答應。

作者金庸以為周芷若是政治人物，筆者卻認為未必。諾言既是情勢所迫，是否有履行的義務，履行得是否熱心徹底，大有商榷餘地。政治人物，一定會想到這點，但她沒有。況且周芷若與當日滅絕師太逼紀曉芙不同，當日滅絕師太仍健在，可以督促紀曉芙履行諾言，但今日滅絕師太已雙腳一伸，長眠火窟，除了自己的良知以外，再沒有壓迫自己履行無理諾言的力量。

對於應允師父的三件事，大可權宜從事，可拖則拖。若換了小靈精黃蓉，一定有權宜之計，周芷若犧牲自己、履行諾言，在人格上，有極可愛的地方！

不過周芷若貌聰明，實則太蠢。其實師尊滅絕師太要她做的事，是正義的事。只不過叫她無論如何，不擇手段去完成。既然成事不論手段，周芷若又信賴張無忌的為人，乾脆向張無忌言明一切，弄把屠龍刀來一刀兩斷，取去經書便了，何必折磨自己？周芷若的不智，在於愚忠，愚忠是蠢，但亦是一種德行！（筆者這種立論，只不過以事論事，其實果真這樣發展，《倚天屠龍記》恐怕後半段要全部改寫。）

任勞難，任怨更難，忍棄至愛之人而令之對自己恨之入骨則更是難上加難！周芷若一一辦到。想午夜夢迴之際，冷月窺人之時，情何以堪？周芷若只有偷彈珠淚、飲泣吞聲。

反過來說，當日滅絕師太相求之時，只需一狠，咬牙拒絕，以周芷若的容貌才藝，日後將是何等快樂逍遙？但命運弄人，情深無奈。不過她的命運，顯然決定於她的性格，就是具有尊師報恩的優點，硬把無理由的重擔往身上一挑，歡樂的日子便隨風而逝。對於這樣一個小小姑娘，同情應多於不屑，讚歎應多於責備。一個判決殺人犯的法官，能說他可恨嗎？

除了滅絕師太和周芷若外，值得一提的，還有《碧血劍》中焦公禮的女兒焦宛兒。焦宛兒並不是一個十分重要的角色，很容易使人忽略。但在作者筆下她是個孝義、懂事、明慧的好女子。

強豪焦公禮，本來已獨霸一方。但仇家有備而來，高手陡然掩至，部署得又周密，簡直沒有迴轉餘地，英雄末路，只有引頸一刀，不明不白地死去。焦公禮危命託孤一段，令人為之惻然。焦公禮的命，是袁承志救的，也可說是焦宛兒救的。先是袁承志現身，焦宛兒見父命尚有一線生機，便毫不猶豫追隨一個陌生男子漢出屋外，絲毫沒有顧到本身安危。及後到客店找承志青青兩人，表現大方得體，青青以俊男之姿，拉扯於她，當然羞得滿面通紅，但想他們有救父之恩，沒有掙脫，不過隨即斂容正視，可見她處理如何得體，其後接得一包不知什麼的重要事物，恐防有失，與承志作別後仍留客店，用切口叫她師兄弟們一起來護送，辦事聰明妥帖。

後來兩幫動真刀真槍，鄭起雲賭袁承志落敗，無人應和，焦宛兒為了不使鄭老沒趣，挺身將寶鐲擲出湊興，目的是希望兩幫融和；但竟然承志勝出，鄭起雲願賭服輸，將鉅款送給她，她隨即將之送給對方從僕管事，於是皆大歡喜，化戾呈祥。一個十六七歲的少女，辦事如此圓滑周到，本已難得，更難得的是替人設想，圓人臉光。

焦宛兒對袁承志感恩，但未有説她動情，而關懷之心，往往無意中流露出來。當袁承志乍逢何鐵手，初度交鋒，青青被擄，而何鐵手門人被點穴，只有袁承志能解，於是翩然而至。焦宛兒就是不放心，換了書童服飾，親端酒菜。及至何鐵手要離去，承志相送，又恐有埋伏，先到轎底查察，最後冒險躲在轎下，查探她的落腳，真個智勇雙全。最後青青眼見她與袁承志共躲床下，頗有見疑，她立即找羅立如來，要袁承志替她作主下嫁於他，做事何等爽快，焦宛兒豪邁之中不乏細心，心計之中不無厚道，真是一個不可多得的奇女子！

除上述數人外，比較突出的女性角色還有用毒高手程靈素，做事也是精細妥帖；豔如桃李、率性辣手的何鐵手；善於易容、無端枉死的阿朱；刁蠻刻毒、我行我素的阿紫；官家小姐、棄夫別戀的南蘭；迷倒貴胄福康安的馬春花；一往情深的溫青青；背叛師門、令人聞名膽喪的梅超風；君子劍的苦命女兒岳靈珊和野性難馴的建甯公主。她們都使人有極深刻印象，反而《笑傲江湖》中女角任盈盈，性格平板，筆者想不到有什麼可供一談之處。

在眾多女角中，筆者發覺有兩個特色。一是她們多是獨鎮一方的強豪之後，偏偏又是俏麗刁鑽，父親對之亦無可奈何。如溫青青是五樑派之後，五樑派獨鎮東南；黃蓉是桃花島主愛女，黃藥師乃當世四大高手之一；趙敏是汝陽王掌珠；任盈盈是日月神教教主任我行獨女；何鐵手是前任五毒教教主獨女；公孫綠萼是絕情谷主公孫止獨女，還有大理段王爺的阿朱阿紫，而強豪又偏多獨女。看來金庸筆下的男主角，都應屬駙馬命。

獨生愛女之外，就是金庸將少數民族女子都寫得美豔無倫，十分突出。例如：

一、《書劍恩仇錄》之香香公主：回族。

二、《碧血劍》之何鐵手：雲南苗族。

三、《倚天屠龍記》之趙敏：蒙古人。

四、紫衫龍王和小昭：波斯人。

五、朱九真、武青嬰：雲南大理人。

六、《天龍八部》之阿朱、阿紫：雲南大理人。

七、王語嫣：鮮卑胡人之後。

八、夢姑、李秋水：西夏人。

九、刁白鳳：擺夷人。

十、《笑傲江湖》之藍鳳凰：擺夷人。

十一、《鹿鼎記》的蘇菲亞：俄國人。

十二、建甯公主：滿遼人（毛東珠為遼東大將毛文龍之後）。

上列十幾人都不是漢族人，以小說背景而言，都屬番邦女子，都在故事中佔著十分重要的地位，都美豔惹人，推動情節發展，令人看得眉飛色舞，失去這些人物，武俠世界大有黯然無光之勢，作者寫得如此出色，果真作者對番邦女子，情有獨鍾，青眼有加？

除了番邦女子之外，金庸對一襲紫衣，亦有異曲同工之偏愛：紫衫龍王是紫衣，袁紫衣是紫衣，婀娜的阿紫又是紫衣，紫衣、紫衣，為什麼在金庸眼中，留下不可磨滅的印象？

第三章　胡一刀夫婦相敬如賓——談愛侶情夫妻義

人生追求幸福，什麼是幸福？

人生追求至樂，怎樣才是至樂？

中國人在農歲新年，大家見面道喜都愛說句「恭喜發財」。可見一般人心目中，發財是至樂。不過社會上衣食無憂的人不少，發財的人也頗多，但真正快樂的人少之又少。可見發財只不過是最基本的條件，人生仍有更高層次的追求。

中國人以平安是福，又以福、祿、壽三者為美滿人生的目標。又有人以「腰纏萬貫，騎鶴上揚州」為至高理想，因為這一句話，包含了名利、權位、仙壽的攫取，但這些都是追求的目標。在生活情趣上，導致快樂的因素各有不同：失而復得是一種快樂，父母雙全、兄弟無故是一種快樂，得天下英才而育之也是一種快樂；甚而他鄉遇故知也是一種快樂；但一般知識分子，卻以紅袖添香夜讀書的感受最為美妙。

生活上的融和快樂，大都是在人倫中獲得。少年男女在男歡女愛、情侶夫妻的情義上，追求得最為投入，最為勁力。但世間事物，有一正，必有一反。世間上最殘酷絕倫的事，又以人倫慘變為最。

絕情谷內　反目夫妻

當男女兩情相悅，花前月下的卿卿我我之時，令人豔羨，真個只羨鴛鴦。不過一旦翻臉無情，卻又會嘔心瀝血，想盡毒計，將對方除之而後快。人心險毒，使人涔涔汗下，絕情谷中的公孫止夫婦，便是此中佼佼者。

神鵰一書中，公孫氏避世，遷居絕情谷，與外界隔絕，正是世外桃源之地。谷主公孫止，也是非凡人物，才學出眾，將谷中打理得井井有條，一次遇上裘千尺，結成了夫婦。原是一段佳話，兩人在世外桃源，快快樂樂地活一輩子，豈料後來公孫止把妻子筋脈挑斷，棄之洞底，而裘千尺重見天日之後，也打瞎丈夫公孫止一目，逼得他落荒而逃；最後裘千尺放了一把火，將丈夫祖先數世傳下的基業，燒個乾乾淨淨。公孫止按捺不住，跑過去殺她，中計跌下陷阱。公孫止死前一擊，揮袍將妻子也扯下萬仞深淵。這一對切齒為仇、怨毒刻骨的冤家，同時同地而亡。夫妻反目，刻怨淒厲，正是早知今日，何必當初呢？

這對夫婦不和，凶終隙末，但兩人卻頗有相同之處，就是心胸狹隘、善用心計及武功高強。兩人都屬不義之人。武藝高強只有更長其惡，善於心計只有更陷人於禍。公孫止夫妻反目，起因在丈夫移情別戀，戀上侍婢柔兒。哪一個妻子可以忍受丈夫移情別戀？如果裘千尺只是個平平凡凡的女子，這齣家庭悲劇只會在啼啼哭哭下收場。但她偏是個厲害人物，怎放得下被拋棄的顏面？怎禁得丈夫如此放肆？於是她將兩人拋入情花叢中，刺得遍體鱗傷，然後取出一顆解藥，就看公孫止怎樣！結果逼得丈夫親下殺手，刺死心中愛侶，結下一個不可開解的深仇大恨！

仇怨既成，公孫止豈肯甘休？試想裘千尺當時只要肯讓上一步，將兩顆絕情丹送上，給兩人服下，公孫止一生一世，再也不能在裘千尺面前抬起頭來，俯首之餘，羞愧於心，只有甘受差遣。只不過裘千尺怨妒熏天，要折磨別人來減輕自己的痛苦；但殺了情敵柔兒，裘千尺心底何曾快樂？這段恩怨，表面由第三者介入婚姻而引起，其實大大不然，早有伏線，且看裘千尺的憶述：

……與公孫止這惡賊遇上了，兩人便成了親，我年紀比他大幾歲，武功也強得多。成親後，我不但把全身武藝傾囊以授，連他的飲食寒暖，哪一樣不是照料得周周到到，不用他自己操半點兒心？他的家傳武功倒也巧妙，可是破綻太多，全靠我挖空心思地一一給他補足。有一次強敵來襲，若不是我捨命殺退，這絕情谷早就給人毀了……

單從裘千尺上述的一番話中，已可以肯定他們夫婦兩人，是一對怨偶。裘千尺關心公孫止，教他武功，助他卻敵，照顧他的飲食，簡直就是他的恩人，可謂恩重如山。如果裘千尺是公孫止的師娘而非妻子的話，相信公孫止會對她敬重一生一世——但偏偏是夫婦。丈夫對妻子的要求，和徒弟對師娘的要求不同。丈夫在妻子面前夫綱不振，終日誠惶誠恐地對著一個恩人，何暢快之有？裘千尺既然對丈夫「飲食寒暖，照料得周周到到」，可見日常生活中，公孫止衣食也沒有選擇餘地。小丈夫也不可以一日無權，何況公孫止是個野心勃勃的人？夫妻之間，有義無情，有恩無愛。即使沒有柔兒的出現，公孫止也會伺勢「反撲」。

他們夫婦兩人，縱然無情，也應有義，但柔兒一死，這維繫兩人的義也消散了。公孫止一定怪妻子太絕，然則裘千尺關心丈夫，也成了罪過？裘千尺不愛丈夫？非也！裘千尺最初當然深愛公孫止，否則不會「委身」下嫁，不過裘千尺的愛，「霸佔」的成分多，尊重的成分少，向丈夫示恩的時候多，仰望讚賞丈夫的時候少。這才是裘千尺為人妻子的過錯！

他們夫婦的凶終隙末，公孫止也不是沒有責任。比較起來，移情柔兒，只不過是小小的過失。他與裘千尺成親，多少有貪戀裘千尺的才藝的成分，這段姻緣，建築在利害關係上。利益不再，關係淡薄，如果公孫止是個懦弱的好好先生，最多讓裘千尺做隻河東獅，兩人也不會怨恨對方一生，要置對方於死地以至曝骨荒土。

可歎之戀，女強於男，夫綱不振的，還有崑崙派的何太沖、班淑嫺夫婦。何太沖也不是個乾淨人物，對張無忌就是忘恩負義，恩將仇報，張無忌替他治好愛妾五姑怪毒之病，惹怒班淑嫺，逼他飲毒酒，何太沖卻袖手旁觀，後來還想下殺手，想摔死張無忌。

何太沖武藝不凡，但畏妻寵妾，猥瑣顢頇，讀者對他也沒有什麼好感。看他被班淑嫺整治得如鼠見貓，只會對他鄙夷，而不會寄予同情。但他究竟是個名門大派的掌門，何以在一眾下人面前，眼睜睜由妻子點封穴道而不敢閃避？大抵是積威所致。

班淑嫺是崑崙派的傑出人物，年紀比何太沖大了兩歲……何太沖年輕時英俊瀟灑，深得這位師姊歡心。……眾弟子爭奪掌門之位，各不相下，班淑嫺卻極力扶助何太沖……結果何太沖接任掌門，他懷恩感德，便娶了這位師姊為妻。

原來他們夫妻的結合，摻有感恩的成分，瞧班淑嫺的德行，恐怕對奪位之舉，頗為居功，對丈夫毫不尊重，毫不欣賞。一個女子嫁了一個自己不欣賞、不欽佩的人，這段姻緣之不愉快自始可知。而感恩更不可以身相許。人不如物，物件沒有感受，誰做主人都是一樣，以身許人是一生一世的事，恩義日久則弛遠，弛遠則寡薄，怨懟一生，輒由恩變怨。何苦由來？

班淑嫺雌威大發又如何？丈夫還不是娶了一個又一個小妾？班淑嫺手段沒有裘千尺狠絕，而何太沖也沒有公孫止的陰險毒辣，夫妻不和，無情也有義，所以也不致鑄大恨大錯。妻強夫弱，是為不祥。天龍中的無崖子，真正的意中人竟是李秋水的妹子，李秋水和天山童姥固世外高人，相爭獻媚，仍贏不了無崖子青睞。女子太高強而不懂收斂，男子漢多會暗自心驚，《俠客行》中石清就深明此義。

梅芳姑年輕時候，已鍾情於石清，可是石清卻不假辭色，娶了閔柔為妻，梅芳姑便把他們的初生孩兒偷了，叫他夫婦兩人傷心一生一世，二十年後再遇石清，質問閔柔究竟有什麼好過自己。且看石清怎說：

「……二十年前，你是武林中出名的美女。內子容貌雖然不惡，卻不及你。」

「……你武功兼修丁梅兩家之所長。當時內子未得上清觀劍學的真諦，自是遜你一籌。你會作詩填詞，咱夫婦識字也是有限，如何比得上你！」

「內子一不會補衣，二不會裁衫，連炒雞蛋也炒不好，如何及得上你千伶百俐的手段？」

梅芳姑樣樣都比閔柔優勝，石清卻有不要她的原因。

石清緩緩道：「梅姑娘，我知道，你樣樣比我閔師妹強，不但比她強，比我也強，我和你在一起，自慚形穢，配不上你。」

原來梅芳姑太有本事，便攫不到意中人的心，看來本領強反而是情場的致命傷。其實石清說和她一起，自慚形穢不過謙厚之詞。石清本身也有一股傲氣。他確是嫌梅芳姑強過他，不過不是本領強過他，而是好勝心強過他！

閔柔即使有千般弱點，但只是婉轉溫柔、慈愛祥和，便足足勝過了梅芳姑的一切本事。如果石清貪圖梅芳姑的本領，以為有利於己，與之成親，日後怎及得與仗仰信賴自己的閔柔仗劍江湖，休戚與共的快樂？石清擇妻之方，堪足後學。

上述三段姻緣，皆以有本領的女子可怕，不堪為妻，其實這不過是一種錯覺。裘千尺、班淑嫻、梅芳姑之不足為人欣賞，不是本領太強，而是心胸太狹，好勝心太甚。要處處勝過人，即使對「所仰望而託終身者」也不例外。設想如果石清與梅芳姑結了婚，閔柔就不會暗地裏偷了人家的兒子，叫人含恨傷心。兩女孰優孰劣，由此可見。

有緣無分　飲恨終身

石清和閔柔之愛侶情、夫妻義，不是最好的一對，夫妻恩義情濃如酒、馥郁芬芳的是胡一刀夫婦。

胡氏夫婦是金庸筆下的模範夫妻。胡一刀固然是英雄人物，胡夫人更是女中豪傑。溫婉之中帶著三分英豪之氣（筆者覺得有點虯髯客配上紅拂女的）。一對璧人、神仙眷侶，夫妻相得，從胡一刀與苗人鳳一決雌雄前夕的一番對話可見。原文太長，只宜撮引於後：

夫人道：「大哥，你千萬別為了我、為了孩子擔心。你心裏一怕，就打不過他了。」

「……妹子，你說得不錯，我就是怕金面佛。」

「你不是怕他，是怕他害我、怕他害我們的孩子。」

……

夫人輕聲道：「大哥，你抱了孩子，回家去吧，等我養好身子，到關外尋你。」

「唉！那怎麼成，要死，咱倆也死在一塊。」

夫人歎道：「早知如此，當年我不阻你南來跟金面佛挑戰倒好。那時你心無牽掛，準能勝他。」

這幾句對話，流露出夫妻間對對方的關懷摯愛。為人著想多，為自己著想少，溫婉之中帶著敬重，瞭解之中帶著犧牲。跟著：

他夫人忽道：「大哥，你不用傷心，若是你當真命喪金面佛之手，我決定不死，好好將孩子帶大就是。」

「妹子，刀劍一割……死是很容易的，你活著可就難了。我死了之後，無知無覺，你卻要日日夜夜地傷心難過。唉！我心中真是捨不得你。」

「我瞧著孩子，就如瞧著你，我叫他學你的樣。」

「我生平的所作所為，你覺得都沒有錯？要孩子全學我的樣？」

「都沒有錯，要孩子全學你的樣！」

胡夫人明知眼前雷霆一戰，丈夫為了妻兒牽掛，殊無勝望，卻不勸丈夫逃避。要知叫丈夫逃避，反而不明白丈夫心意，便不是兩人相知於心。大戰既然無可避免，胡夫人豈會不助丈夫？只不過她幫助的技巧高明之極，既不是叨擾囉唆的囑咐，也不是獻出卻敵奸計，而是以睹兒思父、負孤寄遠來勉勵丈夫，是讓他平心靜氣，在最佳狀態下專心應付敵人。

她燒了二三十個好菜給丈夫吃，又淡淡地說，要出去看看對手的模樣，這樣胡一刀怎料得妻子是去窺伺對方的破綻？對方派人午夜來騷擾胡一刀，胡夫人也暗中把他們打發得乾乾淨淨。最後，悲劇終於發生了。胡夫人在丈夫失手倒斃之後，交代了兒子，立即自殺殉情。兩人恩情深重，如是收場，聞者鼻酸。胡一刀英雄豪傑，胡夫人明慧可人，夫妻兩人相親相敬、相愛相知，直登神仙境界，胡一刀得妻如此，無憾平生！

胡一刀夫婦與公孫止夫婦，一對活在雲端，一對活在煉獄，前者情篤義切，誠摯殷殷。金庸筆下其他俠侶，雖然亦有多番捨生忘死的戀愛，惟仍不足與之並論。

所謂一夜夫妻百世恩，夫妻恩義，理所當然。不過有些人沒有夫妻名分，卻有夫妻的恩情。但欠於福緣，結局難諧。哀傷寞寞，使人搖首浩歎。

在《飛狐外傳》中，程靈素鍾情於胡斐，胡斐鍾情於袁紫衣。程靈素對胡斐的真摯情意，胡斐焉會不知？但胡斐既然心有所屬，又感於靈素之盛情，只有要求結為兄妹，以減內心歉疚。

胡斐聽她語氣之中，含有譏諷之意，不禁頗為狼狽，道：「我是一片真心。」程靈素道：「我難道是假意？」……胡斐……道：「從今而後，我叫你二妹。」程靈素道：「對，你是大哥，咱倆怎不定下盟誓，說什麼有福同享，有難同當？」胡斐道：「結義貴在心盟，說不說都是一樣。」程靈素道：「啊！原來如此。」跟著躍上馬背，這日直到黃昏，始終便沒有跟胡斐說話。

胡斐以人之相知，貴相知心，既然結義，無須多言。誰知女子愛聽承諾，胡斐連最老套的盟約也不講一句，便作交代了情感。程靈素之悽苦可知，愛恨交織，當然整日不語。其實胡斐對程靈素又豈無愛意？不過他的愛念未至燃點，而更為「義」所阻。這是心裏喜歡甲，便不應再喜歡乙的道理。將自己的感情，硬生生地用理智遏止住。是為顧全道義，亦是希望借此絕卻對方之念，不想將悲劇作更深一步的發展。這是一件艱巨、悽苦的工作。

胡斐想不到程靈素會犧牲自己的性命，換卻他的年壽。愛情絕不應施捨，但情深的一方往往肯犧牲以求對方的快樂，只要求心上人瞟上一眼，說一句受用的話。胡斐眼見程靈素為救他而一步一步踏向死亡，難以自已。

胡斐一跤倒在地下……驚問：「我也中了那三大劇毒麼？」程靈素淚水如珍珠斷線般順著面頰流下，撲簌簌地滴在胡斐衣上，緩緩點了點頭。

程靈素取出一枚金針，刺破他右手臂上的血管將口就上，用力吮吸。……柔聲道：「大哥，你和我都很可憐，你心中喜歡袁姑娘，哪知道她卻出家做了尼姑……我……我心中……」……體內毒性發作，身子搖晃了幾下，摔在胡斐身旁。胡斐見她慢慢合上眼睛，口角也流出一條血絲，真是如萬把鋼錐在心中攢刺一般……

程靈素在身旁的時候，他老是繫念著袁紫衣，如果他身旁的是袁紫衣，他會不會想念程靈素呢？這時程二妹死在身旁，胡斐自有另一番想法：

「二妹總是處處想到我、處處為我打算，我有什麼好，值得她對我這樣，值得她用自己的性命，來換我的性命？」……在那無邊無際黑暗之中，心中思潮起伏想起了許許多多事情，程靈素的一言一語、一顰一笑，當時漫不在意，此刻追憶起來，其中所含的柔情蜜意，才清清楚楚地顯現出來。

程靈素死了！胡斐對她的愛意絕不在袁紫衣之下。死去的兒子最孝順，失去的東西最寶貴。程靈素沒有機會選擇，胡斐也再沒有機會選擇，情緣獨欠，空歎奈何！

胡斐和程靈素的悲劇是沒有選擇餘地，兩者必居其一。阿朱和蕭峰的悲劇是無辜，阿朱無辜地受了一掌，死得冤枉之至。蕭峰一定要殺人才算孝義，怎料得一掌打死了至親至愛的人？阿朱也是太慷慨、太樂意為情郎犧牲而鑄成不可挽救的大錯。阿朱是偉大，或是傻瓜了？橋頭斷魂，晴天霹靂，讀者可再次在字裏行間，慢慢回味：

電光一閃，半空中又是霹靂打了下來，雷助掌勢，蕭峰這一掌擊出，真具天地風雷之威，砰的一聲，正擊在段正淳胸口。但見他立足不定，直摔了出去，啪的一聲摔在青石欄杆上，軟軟地垂著，一動也不動了。……電光閃閃之中，他看得清楚，失聲叫：「阿朱！阿朱！原來是你！」

……

阿朱斜倚在橋欄杆上，身子慢慢滑下來，跌在蕭峰身上，低聲說道：「大哥，我……我……好生對你不起，你惱我嗎？」

……

阿朱道：「我翻來覆去，思量了很久很久。大哥，我多麼想能陪你一輩子，可是那怎能夠？我能求你不報這五位親人的大仇麼？就算我糊塗地求了你，你又答允了，那……那終究是不成的。」她聲音越說越低，雷聲仍是轟轟不絕，但在蕭峰聽來，阿朱的每一句話，都比震天的雷更是驚心動魄……

……

阿朱道：「我要你知道，一個人失手害死了別人，可以全非出於本心。你當然不想害我，可是你打了我一掌。我爹害了你父母，也是無意中鑄成大錯。」

蕭峰一直低頭凝望著她，電光幾下閃爍，只見她眼色中柔情無限，蕭峰心中一動，驀地體會到阿朱對自己的深情，實在出於自己以前想像之外。……顫聲道：「阿朱、阿朱，你一定另有原因，不是為了救你父親，也不是要我知道那是無心鑄成的大錯，你是為了我！你是為了我！」抱著她身子站了起來。

阿朱臉上露出笑容，見蕭峰終於明白了自己心意，不自禁地歡喜。她明知自己性命已到盡頭，雖不盼望情郎知道自己隱藏在心底的用意，但他終於知道了……

他知道了什麼？就是知道段正淳一死，段家一定為他復仇。那時蕭峰便遭殃了，故此寧可代此一掌，消去愛郎的孽障。阿朱為什麼不將事情坦誠說出來呢？因為她不想阻歇情郎的復仇火焰。姑勿論復仇是否不當，但阿朱不肯拂逆，是因為對蕭峰懷有絕大敬重之心——將愛升華為敬。她遇上一個值得終身敬重的人，是她的幸福，她寧願以生命換取這種幸福！

班淑嫻這種不知敬重情侶的人，一生也沾不到這種幸福的感受。程靈素和阿朱的深情愛意，都是在生命火花消逝前一瞬得以表白，以最大的犧牲剖白心意，令人震撼悲痛，嚎哭難禁！

死別已吞聲，生別長惻惻。愛侶情義，在金庸筆下，寫來滿紙嗚咽的，是倚天中張無忌和小昭最後一別。這段未了情緣，讀來黯然銷魂，淚沾我襟。

過了一會兒，那小船又劃過來。船中坐的赫然正是小昭……謝遜忽道：「小昭，你做了波斯明教的教主麼？」小昭低眉垂首，並不回答。過了片刻，大大的眼中，忽然掛下兩顆晶瑩的淚水。霎時之間，張無忌耳中嗡的一響，一切前因後果已猜到了七八成。心下又是難過、又是感激。說道：「小昭，你這一切都是為了我！」小昭側開頭，不敢和他目光相對。

……

張無忌見他所處的那間房極是寬敞，房中珠光寶氣，陳設著不少珍物。剛抹乾身上沾濕的海水，呀的一聲，房門推開，進來一人，正是小昭。她手上拿著一套短衫褲、一件長袍，說道：「公子，我服侍你換衣。」無忌心中一酸，說道：「小昭，你已是總教的教主，說來我還是你的屬下。如何可再做此事？」小昭求道：「公子，這是最後一次，此後咱們東西相隔萬里，會見無日，我便是再想服侍你一次，也是不能的了。」張無忌黯然神傷，只得任她和平時一般助他換上衣衫，幫他扣上衣紐，結上衣帶，又取出梳子，替他梳好頭髮。

張無忌見她淚珠盈盈，突然間心中激動，伸手將她嬌小身軀抱在懷裏。小昭「嚶」的一聲，身子微微顫動，張無忌在她櫻唇上深深印了一吻，說道：「小昭，初時我還怪你欺騙於我，沒想到你竟待我這麼好。」小昭將頭靠在他寬廣的胸脯之上，低聲道：「公子，我從前確是騙過你的。……但在我心中，我卻沒對你不起，因為我決不願做波斯明教的教主，我只盼做你的小丫頭。一生一世服侍你，永遠不離開你。我跟你說過的，是不是？你也應允過我的，是不是？」

張無忌默默點頭，抱著她輕柔的身子，坐在自己膝上，又吻了吻她。她溫軟的嘴唇上，沾著淚水，又是甜蜜，又是苦澀。

……

小昭又道：「我命人送各位回歸中土，咱們就此別過。小昭身在波斯，日日祝公子福體康寧，諸事順遂。」說著聲音又哽咽了。張無忌道：「你身居虎狼之域，一切小心。」小昭點了點頭，吩咐下屬備船。

……

張無忌不知說什麼話好，呆立片刻，躍入對船，只聽得小昭所乘大艦上號角聲嗚嗚響起。兩船一齊揚帆，漸離漸遠。但見小昭悄立船頭，怔怔向張無忌的座船望著。兩人之間的海面越拉越廣，終於小昭的座艦成為一個黑點，終於海上一片漆黑，長風掠帆，猶帶嗚咽之聲。

作者文雖暫而意無窮，閉目可見數十年後的小昭，白髮蒼蒼仍駐足東望，滿懷失落之哀傷。這對戀人傷心離別，寫來情容並茂，實而不華，哀而不傷，讀者恍如置身其境。無可奈何之餘，復有何言？兩人情深義厚，殷殷珍重，而逝者如斯，長風浩歎，正如李白〈秋風詞〉云：

秋風清，秋月明，落葉聚還散，寒鴉棲復驚。相思相見知何日？此時此夜難為情！

第四章　癡情秀才余魚同——談癡戀及夕陽情

問世間，情是何物，直教生死相許？天南地北雙飛客，老翅幾回寒暑。歡樂趣，離別苦，就中更有癡兒女。君應有語，渺萬里層雲，千山暮雪，只影向誰去？

金人元好問，調寄〈邁陂塘〉之詞，是金庸筆下情場失意的李莫愁口中哀歌。迴腸蕩氣，掀起一頁淒豔故事。

記得以往看過兩部日本歷史武俠電影。一是《爭霸》，一是《影武者》。論電影，兩者一樣出色。一樣有經典之成就。但《爭霸》一片（述說柳生一族匡扶主人故事）回味無窮，引來唏噓嗟歎。《影武者》則觀後若有所失，印象模糊，細酌之下，原來前者有愛情線的發展，後者則沒有。

人生際遇，豈無情愛牽繫，要賺人共鳴，又焉能不述及愛情？

長篇小說中不能沒有愛情。沒有愛情的長篇小說，彷彿失去了人味，是一個理性的世界，是一本數學的題解，是一本大辭典，失去味嚼的吸引力。

三角戀情與夕陽餘暉

情為何物，直教生死相許？這兩句話，浪漫而淒豔。多少少年男女，聞之怦然心動。希望意中人就是個肯捨身相許的愛侶。但現實社會，男女藩籬開放，說愛就愛，也即是說分便分，明天又換一戀人。男女情愛關係，即炒即賣，少有浪漫情操。真不知是禍是福？金庸筆下愛侶相戀，最為浪漫的是丁典和凌霜華：

以後的日子，我不是做人，是在天上做神仙，其實就是做神仙，一定也沒有我這般快活，每天半夜裏，我到樓上去接凌小姐出來，在江陵各處荒山曠野漫遊。我們從沒半分不規矩的行為，然而是無話不說。比天下最要好的朋友還更知己。

午夜之際，輕攜愛侶之手漫步荒山、放開懷抱、暢談古今，更勝李白秉燭夜遊。何浪漫之有？丁典從哪裏出來接凌小姐呢？卻是從牢獄出來。以囚罪之身，說來便來，說去便去，雲袖揮灑，不著塵跡。浪漫之中，又添了幾分高逸。丁典與凌霜華之戀，是由花而媒，驀然神通的。最初也沒有談上多少句，但女的卻為男的每日更換一盆鮮花；男的也每日奔到樓下去賞花，風雪無阻。此中情義，比海誓山盟還要浪漫真情。凌小姐就是這樣憑花寄意，而丁典也不負心盟，欣賞她的花兒直到她離開塵世。這對癡情男女，可謂以情為物，生死相許了！

生死相許，並非為情自殺，失敗者的自暴自棄。而是兩人心意相通的盟約。稱得上生死相許的，有楊過小龍女的為對方捨生忘死，有程靈素的以命換命挽救胡斐等。不過世間上癡情之人不少，肯為對方犧牲而求青睞的人也很多（如宋青書的為愛犧牲便很大），但結果多是對方不大欣賞，空餘癡情之恨。金面佛苗人鳳，便是個癡情人物。

苗人鳳和他夫人的婚姻，是沒有戀愛基礎的。在古代社會裏，沒有戀愛的婚姻反而正常。這並不是造成悲劇的主要因素。但苗人鳳和南蘭相識之初，便隱然伏下悲劇的基調。南蘭的父親露了寶刀，惹來殺身之禍。歹人奪了刀，還要奪他女兒。苗人鳳遇上了，把歹人殺退，救了南蘭，但腳上卻中了兩枚致命毒針，不能不理。

南小姐將柔嫩的小口湊在他腿上，將毒血一口一口地吸出來。她很清楚地知道，兩人的肌膚這麼一接觸，自己就是他的人了。他是大盜也好，是劇賊也好，再也沒有第二條路，她已決心跟著他。

苗人鳳也知道，這幾口毒血一吸，自己無牽無掛、縱橫江湖的日子是完啦。他須得終身保護這女子，這個千金小姐的快樂和憂愁，從此就是自己的快樂和憂愁。

這兩個人的心思，顯示出兩人對這段姻緣的看法。南蘭全是知恩圖報，沒有考慮的餘地（雖然她一定在電光石火中考慮過），社會道德的教育逼使她這樣去做——獻身於苗人鳳。在她的腦海中，苗人鳳絲毫沒令她傾儀的地方；但苗人鳳便不同了，上述幾句話可見他對南蘭喜歡之極。他肯為她犧牲一切，連闖蕩江湖的霸業不要了，也毫不惋惜。以後的生命，便是背負起南小姐的喜愁，其中的愛，是多麼深切！

苗人鳳的鍾情，按理會使這一段婚姻愉快——要是儀表不凡的田歸農田相公沒有出現的話。田相公挑逗友妻，當然失德。但南蘭對之若不是另眼相看，恐怕田相公也是白費心機。苗人鳳對南蘭癡戀；南蘭卻寧可負起背夫棄女、失德敗行的罪名，也跟了田歸農，不是癡戀是什麼？苗人鳳的癡情是肯定的，癡情得不忍心打倒情敵，是何等淒涼？

在苗人鳳心中，他早已要將一個人拉過來踏在腳下，一掌打死。但他知道，一定會有人捨命阻止。他的武功是打遍天下無敵手，但他的心腸卻很脆弱，只因為他是極深地愛著眼前這個美婦。

這段三角情戀得很吃力，可恨人是不可以代替的，如果苗人鳳和田歸農同是喜歡一匹駿馬，苗人鳳可以大大方方地送了給他，了卻兩人心中的癡苦。田歸農得了南蘭又稱心如意了？他驚恐苗人鳳來復仇，活得如驚弓之鳥。苗夫人見到此種情形，對他的愛意也消減了。田歸農肯冒這個險，也說明了他當時對南蘭的情癡。這段三角戀情，寫來愛恨交織、難捨難割、糾纏不清，是作者筆下最具血肉的一段癡情劫。

三角戀愛，在金庸筆下出現過不少，其中一個模子澆出來的三角夕陽情，澆出了三段姻緣來。一是《書劍恩仇錄》中陳正德關明梅夫婦加上天地怪俠袁士霄；一是《俠客行》中白自在史小翠夫婦加上丁不四；一是《天龍八部》中譚公譚婆（小娟）夫婦加上趙錢孫。三者都是兩男苦戀一女。三人都是武林名宿。失敗的一方對女的苦纏，過程是醋意中加上諧趣。不過讀來就不見得怎樣容易引起共鳴。情場的失敗者，在愛對方行徑中，只表現出佔有欲的本色；而非敬重和犧牲；陰魂不散的苦纏，騷擾愛人家庭生活的安寧，好像巴不得人家感情決裂，伺機代替位子。再也不是希望對方愉愉快快地活著，這種舉動抹卻了英雄的姿采。看那粗人一個的苗人鳳不忍殘傷情敵而叫心愛的女子傷心，才是真愛的行徑，一個令人崇敬的失敗者。

夕陽之戀中，當以周伯通和瑛姑的戀愛至惹人趣味。周伯通與劉貴妃之私通，隨便之處，使人覺得老頑童有點逢場作戲，後來問心有愧，一走了之。但劉貴妃一夜恩情，卻刻骨銘心。

負心人遠揚，便要追到天涯海角。癡情者是劉貴妃瑛姑，而非老頑童周伯通。

瑛姑獲悉愛郎被囚桃花島上，立刻練習術數之學以救人，可見癡戀之深，癡愛之誠。她為人孤僻，人生的目標，只是一心一意地和意中人重聚。有礙此事者，一律視作壞人壞事。有助此事者，一律為好人好事。最初使人煩厭，最後使人感動。她得到楊過之助，引周伯通與之相見後，人也豁達得多了。周伯通叫她下手打死殺兒兇手慈恩（裘千仞）。瑛姑卻道：

倘若不是他，我此生再也不能和你相見。何況人死不能復生，且盡今日之歡，昔年怨苦，都忘了他啦！

兩人終老於百（萬）花谷，養蜂弄蜜，可算是一段佳話。其實這段夕陽戀情，也頗浪漫淒豔；少艾分別，皓首重逢，其間瑛姑傷心了多少個日子，也做了多少個晚上的溫馨綺夢？但比起趙錢孫等三對夕陽情，也可愛得多！

三角戀愛、情癡無奈的，還有幾對人物，大致可分為三類：一類是明爭暗鬥，持力而勝的；一類是猶豫不決，難於取捨的；另一類是單思成狂，厚顏糾纏的。

明爭暗鬥，持力而勝的組合，最明顯莫如武修文、武敦儒兄弟爭戀郭芙。兄弟兩人其實也挺相親相愛，不過一涉及郭女之爭，便激烈得性命相撲，猶如古羅馬之死士鬥場，要有一方倒下才肯甘休。兄弟兩人覺得這是最佳解決方法。但在老父眼中，骨肉相殘，一竟至此，絕望傷心。他們的畸情有先天性之特殊因素。孤島只得一女兩男，所以讀者也不引以為怪，而女主人翁其實是兩不相戀，對任何一人也沒有深厚的愛意。而兩人跳出桃花島，眼界擴闊，兼且受楊過撮引，一場無聊腥雨，無疾而終，化戾為祥，是最理想的結局。

另一個明爭暗鬥的三角戀情卻悲壯得多，主角便是楊鐵心包惜弱夫婦，再加上個金太子完顏（洪）烈。楊氏夫婦本來是一對恩愛夫妻，無端禍亂，失散二十年，隨後雙雙自盡，落得悲慘收場。夫妻兩人，只道禍生無門，天意如此，福緣不厚，誰料竟是因第三者橫刀奪愛而改變一生命運！

射鵰中的包惜弱，是一個十分惹人憐愛的女子，完顏烈以金國太子身分，鍾情一農婦而橫刀奪愛，相信視為等閒之事。反而事前費盡心機，事後（得逞後）敬禮有加賠了不少心機，可見對包氏之癡戀，真正出自至誠之心。愛屋及烏，連帶對楊康也呵護鍾愛，視如己出。完顏烈之不擇手段，當然應受非議，但情真愛永，絕無疑問。包惜弱對之也無惡感。若然世上少楊鐵心或完顏烈，又或者完顏烈及早遇上包惜弱，兩人倒是神仙美眷。這段橫刀奪愛的三角戀情，無辜的是楊鐵心。豈真懷璧有罪，寶劍不配庸士乎？

橫刀奪愛者，尚有福大師福康安。福康安奪取馬春花，和完顏烈奪包惜弱有些地方相似。前者是豪奪，後者是巧取。同樣將自己的快樂建築在別人的痛苦上。同樣的是利用強權勢位欺壓孤弱的情敵。不同的是包惜弱一生深愛丈夫，至死不泯，結果無憾而終；而馬春花則一早心儀俊俏貴冑的佳公子，結果為人下毒不明不白地死去。兩個倒霉的丈夫都是鐵錚錚的漢子，都是至死也不知道是為奸人所害。徐錚本來只是一條硬漢，未算得上豪傑；但死前群醜攔道，前路險阻，夫婦驚魂未定之際，明知無奈，卻也說出一番豪語，叫人好生相敬：

徐錚勒住馬頭，說道：「尊駕出手相救，在下真甚是感激，卻何以要冒充在下師伯？」胡斐聽他語氣中甚有怪責之意，微笑道：「順口說說而已，兄弟不要見怪。」徐錚道：「尊駕貼上這撇鬍子，逢人便叫兄弟，也未免把天下人都瞧小了。」

大丈夫有所為而為，有所為而不為，時窮勢蹇，受你恩惠，就不能抹卻人格自尊。憑此一語，徐錚便跳上英雄豪傑的境界。

乾隆也是巧取豪奪別人之愛，他對陳家洛虛與委蛇、輕言寡諾是巧取，揮兵入寇、虜人入宮是豪奪，但結果美人仍是玉殞香消。幾段情緣，勝者不得，敗者身裂，大抵情可癡，情不可奪！

猶豫不決造成三角戀悲劇的，最為驚心動魄的是楊破天（陽頂天）夫婦和成崑之戀。楊夫人太不痛快，又不守婦道，嫁了丈夫還和舊情人卿卿我我。移情別戀中人，筆者就是最不同情楊夫人。大概是移情的對象太差，竟然是卑鄙下作的成崑（當然，筆者尊重情有獨鍾的人性）。而丈夫也不見得比別人差。這對偷情戀人，竟然使武林大亂，禍及河山。首先是成崑徒弟謝遜一家遭殃，跟著是謝遜叫萬個家庭遭殃，結果太可怕了！這並非始料不及，而是早有預謀，楊夫人誤己誤人，實是罪魁禍首。假如楊夫人婚後和成崑決絕，成崑只有癡癡一生，而不至又愛又恨，躍躍於心，掀個大禍叫世人陪他傷心憤恨。

最後一種三角戀是單思成狂，厚顏糾纏。這門子以段譽金牌獨得，段譽戀王語嫣，王語嫣戀慕容復。段譽對王語嫣的單思是少男幻象式的初戀，基於一見鍾情而毫無感情的基礎，是對佳人亦步亦趨，一睹一親為至快之樂。這種戀愛因為對方的冷若冰霜、拒人於外的態度，根本稱不上戀愛，而對方更是心有所屬。三角情所造成的不是悲劇而是鬧劇，這種戀愛的價值觀每每隨成長而消失。

同一類型的三角之戀是阿珂、鄭克爽加上韋小寶。阿珂和鄭克爽郎情妾戀，快樂無比。韋小寶見了阿珂，被她迷得失魂落魄，加入爭奪。韋小寶出盡法寶，折磨情敵，使人看得津津有味。韋小寶手段卑下，但讀者何以偏幫於他呢？想來一是對韋小寶有代入感，其次是鄭克爽太可惡，偏要他不能稱心如意，叫他受盡折磨，不過韋小寶事實上在競爭過程中太不光明，在情場上不是英雄好漢。他對阿珂追求得最賣力，但與七位夫人結婚以後，卻可以肯定他最愛的不是阿珂，因為他對阿珂的欲望是佔有，而非恩情的憐愛！這段戀情，毫不光彩。

癡戀成劫　恨恨餘生

狂戀成癡，金庸寫得聲容並茂的當以段譽第一，韋小寶第二。但這兩人故事，只有「藝術性」而無生活感。癡戀成劫，恨恨餘生的，還有好些人，比較令人印象深刻的有：

一、尹志平（後來改成同門甄志丙）與小龍女。
二、何紅藥與金蛇郎君。
三、李莫愁與陸展元。
四、武三通與何沅君。
五、程英、陸無雙與楊過。
六、狄雲與戚芳。

七、游坦之與阿紫。

八、阿紫與蕭峰。

九、小昭與張無忌。

十、儀琳與令狐沖。

十一、霍青桐與陳家洛。

十二、于萬亭與徐潮生（陳家洛母）。

十三、郭襄與楊過。

隨手拈拾，細列開來，竟是一大串苦戀名字。情之為物，誤人不少，惟大都甘受貽誤，飲恨終身而一往無悔；愛情魔力，可謂上感鬼神，下動蒼土，除上列一系中人，曾受癡情之苦，幸而未至飲恨者，尚大有人在，如：葉二娘與玄慈方丈之戀，程靈素與胡斐之戀，紀曉芙與楊逍之戀，公孫綠萼對楊過之戀，因在愛情道上，壽折命殞，故不能說飲恨餘生，而胡逸之對陳圓圓苦戀甘之如飴，蕭峰對阿朱癡愛及儀琳暗戀令狐沖，三者均未成劫。及至甘寶寶對段正淳之愛，令狐沖單戀岳靈珊，余魚同癡愛駱冰，因為最後各自有美滿良緣，不致成劫，雖曾受愛恨煎熬，但總算是比較幸運的一群人。

癡戀成劫，在這裏最堪一提的是阿紫對蕭峰的暗戀，原來阿紫愛上姊夫蕭峰，而且愛得極之深切。蕭峰被逼自殺死了，阿紫狂起來，抱著他的屍體，把已醫好的眼睛再挖出來拋去，悲切地說：

「還你，還你，從今以後，我再也不欠你什麼！免得我姊夫老是逼我，要我跟你（游坦之）在一起。」……阿紫抱著蕭峰的屍身，柔聲說道：「姊夫，咱們再也不欠人什麼了，以前我用毒針射你，便是要你永遠和我在一起。今日總算完了我的心願。」

阿紫最後親口說出對蕭峰的愛意，真正奇峰突出，阿紫這個鬼靈精原來愛上蕭峰，蕭峰不知道，讀者最初也不知道！回首前塵，阿紫暗戀蕭峰，卻合情合理，阿紫遇到的英雄人物，原只有蕭峰一人。蕭峰的軟心腸、兒女柔情的一面，只有近在身旁的阿紫最清楚。使阿紫對蕭峰最傾倒的，是他對乃姊的情深意專，這種情深，使阿紫感受到阿朱的幸福。由羨生妒，由嫉妒而要取而代之。不過這種心意，年少的阿紫本人可能也不知道已產生這樣複雜的連鎖反應。只知要得到蕭峰，如果得不到手，不如叫他在這個世上消失了，所以便射他一枚毒針。

及後蕭峰為了照顧阿紫，對她百般呵護。冰雪聰明的阿紫，難道一點也感覺不到姊夫的殷殷眷顧？她更欣賞蕭峰的可賴可託、可信可愛的地方，情結繫得更緊。阿紫根本就是癡戀成狂，恨恨而終。

游坦之最不幸，做了無辜的羔羊。阿紫在愛情道上的失意，便盡量發洩在游坦之身上。而她的發洩，竟是慘不堪言的折磨，換言之，筆者以為如果蕭峰後來移情於小姨，有了愛情滋潤的阿紫，性情定不會像原來的乖戾，最多是個任性的少婦。

高傲乖戾的阿紫姑娘，把這段癡情埋在心底，又有誰可以傾訴了？試想阿紫整日聽到蕭峰叫她回到游坦之身邊，自己何止在意中人心目中沒有地位，還像是妨礙了他。真是欲辯無言，欲哭無淚，心中悽苦極了。寫到這裏，又不禁對阿紫同情起來，她竟不過是個十餘歲的少女！

失意的愛情，往往使人性情乖戾，極相似的情形是郭芙和楊過。郭芙刁蠻任性，竟然將幼年玩伴、好世交的兒子一隻臂膀卸下來。人人只想到郭芙極恨楊過，但誰料得到她的恨是由愛而生？郭芙一生的遺憾，是得不到楊過的愛。楊過在千軍萬馬中救了郭芙丈夫耶律齊，郭芙前嫌盡棄，誠心道謝。楊過也說了一些客套話，並說要她以後不要再討厭他、恨他。郭芙就當場呆住：

郭芙一呆……「我難道討厭他麼？當真恨他麼？……我為什麼老是這般沒來由地恨他？只因我暗暗想著他、念著他，但他竟然沒半點將我放在心上。」

二十年來，她一直不明白自己的心事，每一念及楊過，總是將他當作了對頭。實則內心深處，對他的眷念關注固非語言所能形容。……此刻障在心頭的恨惡之意一去，她才突然體會到，原來自己對他的關心竟是如此深切。

郭芙對楊過的愛意，筆墨不多，如靈光一閃，相信許多讀者也沒有留意到。原來一個女子恨你，可能是愛你！而小學生第一次公然責備的異性同學，就是心目中最有分量的人！

這裏人人都追求愛，以為愛得著應愛的人便極幸福。被愛又如何呢？極少人驀然醒悟到被愛也是一種幸福。有人在愛情道路上提出一個問題：某君極愛甲女，對乙女平平；而乙女則極愛某君，甲女又對某君平平。究竟某君應怎樣取捨呢？愛與被愛，有時也真難取捨。當然，相愛是最為理想。李沅芷深愛余魚同，余魚同深愛駱冰。這個三角結合，誰最幸福，誰又最不幸呢？

金庸小說，寫情的多，寫欲的少（可能其中一個原因是顧及少年讀者，所以常一筆帶過）。記憶中只有三段，著墨較濃。一是韋小寶和建寧公主亂攪一通，一是黃藥師在桃花島上奏出淫靡之音欲以降服周伯通（不過這段寫得極隱晦，筆者少年之時初看就不明白），一是余魚同輕薄駱冰。余魚同對駱冰的輕薄，也寫得不多，但貫徹人性，使人對登徒子不厭反憐，靈欲交割，而情而欲，在所有作品中，亦只有這一段：

睡夢中似乎遇見了丈夫，將她輕輕抱在懷裏，在她嘴上輕吻。駱冰心花怒放，軟洋洋地讓丈夫抱著。……將他抱得更緊，吻得更熱，駱冰正自心神蕩漾之際，突然一驚，醒覺過來，星光之下，只見抱著她的不是丈夫，竟是余魚同。這一驚非同小可，忙用力掙扎。余魚同仍是抱著她不放，低聲道：「我也想得你好苦啊！」駱冰羞憤交集，反手重重在他臉上打了一掌。

……

當下余魚同道：「求求你殺了我吧，我死在你手裏，死也甘心。」駱冰聽他言語仍是不清不楚，怒火更熾……余魚同道：「……有哪一天哪一個時辰不想你幾遍？」說著捋起衣袖，露出左臂，踏上兩步，說道：「我恨我自己、罵我心如禽獸，每次恨極了時，就用匕首在這裏刺一刀，你瞧！」朦朧星光之下，駱冰果見他臂上斑斑駁駁，滿是疤痕，不由得心軟。

余魚同愛上駱冰，朝思暮想，有機會難免飛擒大咬。駱冰推開了他，他仍是抱著不放，可見余魚同這時已失卻理智。癡戀之中帶著強烈欲念，是不是很卑鄙呢？

首先想想，哪一個癡戀者不是希望與意中人產生靈欲的結合呢？除非他的意中人是神仙菩薩，即便是狐仙鬼怪，癡情者也極渴望得到肉體的結合（中國古典小說不少以此為題材），因為這是人性！一個發展正常、身心健康的人，哪一個沒有欲念？只不過能者能在大多數時間、場合下抑制自己，而另一些人則毫無保留地傷害他人而逞欲念之快。每一個人都賦有天生的行淫之具，但並不見得每一個人都是淫徒！余魚同對駱冰的欲念，如江河暴瀉。余魚同不是沒有抑制自己，但魔念盛漲。環境如此，於是荒唐難禁。

如果要數淫逸之徒，不如數段正淳。段正淳妻妾之外，又有牆花，又有路柳。幾乎每個情人都替他生了孩子。當他與情人相好之時，是否想到會貽誤他人一生？當然我們不能以現代的道德標準去嚴格地批評一個虛構的古代人物的德行。但兩者相比，余魚同超然得多。余魚同是癩蛤蟆，想不擇手段地一親香澤嗎？且看李沅芷對他的印象——

明知道少年郎君是父親的對頭，然芳心可可，深情款款，一縷柔絲，早已牢牢纏在他身上。當日甘涼道上，這個師哥細雨野店，談笑禦敵，平沙荒原，吹笛擋路，這等瀟灑可喜的神情，想起來不免一陣陣臉紅、一陣陣歎息。

原來余魚同非但不是一隻蛤蟆，還是個風流儒雅的翩翩公子，是少女夢寐的人物。然癡情所誤，竟如此下作，造成一生的污點。余魚同問心有愧，竭力洗刷生命史上的污點。他做到了！他對駱冰的丈夫捨命相救，一張英俊的俏臉，給火燒成斑斕而無悔。有人以為胡逸之及于萬亭大好英雄，肯為愛人而甘操賤役，是一等情聖，焉知比較起來，余魚同方是第一情聖，品格崇高，光華萬丈。如果癡情是劫，余魚同終於修得正果了！

第五章　李莫愁趕盡殺絕——談開場懾人氣勢

近十多年，鐵金剛占士邦的電影，極受歡迎，是賣座的保證。可曾留意到，每一部占士邦的影片，都是一開場便立即進入高潮，扣緊著讀者的情緒，爭逐一番之後，邦自然完成任務，舒一口氣，優游地去享受一番。就在這個時候，電話鈴響了，上司又派來任務。而這次的任務，才是主要故事的展開。開場時的爭逐高潮，可說全無關係；但觀眾的情緒就很投入，對占士邦也產生了好感，產生了認同。這是說故事的高明手法。金庸就最懂得運用這種手法。

記得看過一些訪問金庸的文章，談及他怎麼下筆寫小說。金庸突出兩點：一是人物性格的重要，其次是懸疑。果然在他的小說中，人物和懸疑寫得最出色，也是最吸引讀者的地方。金庸的每一部小說，差不多都有懸疑的情節。懸疑是吸引讀者看下去的殺手鐧。很多作家都知道運用懸疑的重要，但很多人都不及金庸寫得出色，因為金庸除了運用懸疑之外，還著意於營造詭秘和懾人的氣氛。讀者讀來，大氣也不敢透一口，一路追讀下去。

懸疑要配合氣氛和氣勢，道理也十分簡單。一個人被謀殺了，路人發現屍體，急巴巴趕去報警，雖然發生懸疑，但沒有太吸引人的地方，讀者不會太投入。如果改成是一個月黑風高的暴雨交加的晚上，一個路人獨自在墳場旁邊的幽徑急行趕路，突然前面出現一個高大的黑影，凝著不動，把路人嚇了一跳。待定睛看個清楚的時候，竟然是一具吊著的屍首，路人驚魂未定之際，吊著屍首的繩子忽然斷了，整個屍首撲了下來。屍首攀著路人的肩膀，路人歇斯底里地高叫狂奔。突然被人揪著，驚悸之餘，定睛一看，原來是個警員，慌忙期期艾艾地說出命案。這個描述過程，就緊扣著讀者的情緒，使之投入得多。因為除了懸疑的因素之外，同時也描述出詭秘氣氛。

開場詭異　迭起高潮

試想一個風雪交加之夜，一個道人踽踽獨行，好心的獵戶把他招待到屋子裏喝酒取暖，道人傲然同意。還談不上兩句，道人也打開包裹，拿出食物與大家分享。包裹打開了，赫然是一顆人頭，把獵戶嚇呆了。道人又拿出人心、肝臟來吃，原來是個惡道。獵人出手，反被道人輕描淡寫地制服了。獵人驚悸，自念無辜之際，又得真相大白。原來對方竟是義名滿天下的武林尖頂兒人物。這一段開場，充滿驚疑詭秘，將讀者逼得喘不過氣來。這便是金庸成名之作，《射鵰英雄傳》的開場。

讀者在刪改版中，見到的開場不是這樣（猜想這樣開場太像虯髯客的出場而棄用；孰優孰劣，後章談及），但這確是射鵰首次問世時的開場局面。那道人是長春子丘處機，獵人是郭嘯天和楊鐵心。這個高潮一過，又是一個高潮。丘處機突然發難，將來歷不明的黑衣人殺個片甲不留。丘道長過後，楊夫人包惜弱好心，救了垂危的一人。隨著就是黑衣人眾突襲這兩家，弄得兩個好心的獵人妻離子散，家破人亡。隨即鏡頭一轉，借包氏逃亡，引出江南七怪來。柳暗花明，又是一個局面。正式的故事，現在才展開，《射鵰英雄傳》這樣的開場，劇力逼人，懸疑詭異，怎能不引得讀者追尋下去呢？何況以後佳著紛呈，出人意表。金庸就是這樣奠定了文壇「武俠盟主」的地位。

跟著射鵰的是神鵰，神鵰的開場，也追隨著射鵰開場的餘粹，驚天動地，來一場趕盡殺絕。先是荷葉連連的雅致場面，兩個小姑娘賞玩之際，陡然間天降煞星。赤練仙子李莫愁心狠手辣，派人在殷實無爭的陸家，印下九個殷紅如血的手印，要殺盡陸家滿門。陸家霎時間成了驚弓之鳥，雖有好手來援，結果死傷難免。讀者被李莫愁的狠絕吸引住了，心裏便忍不住要問，究竟李莫愁與陸家有什麼深仇大恨？這一問便是懸疑，便是使讀者產生好奇和苦苦追讀下去的原因。毫無疑問，這是一個成功的開場。

神鵰的開場固然吸引人，不過在細意揣摩之下，不免見到斧痕處處。以高手金庸而言，這段未免匠意太深。（修訂版的《神鵰俠侶》，現在看來開場不夠痛快，不知改動了多少，真可惜。）第一，李莫愁要殺陸立鼎一家的理由便過於牽強，陸立鼎與赤練仙子可說素未謀面，亦無恩怨，他只不過是陸展元之弟。而陸展元是李莫愁的暗戀對象而已！他們之轇轕是這樣的：

武三娘……道：「令嬡何沅君自幼孤苦，我夫婦收養在家，認作義女，對她甚是憐愛。後來她結識了令兄（陸展元），雙方情投意合，要結為夫婦。……成親之日，拙夫和李莫愁同時去跟新夫婦為難。喜宴中有一位大理天龍寺的高僧，出手鎮住兩人，要他們衝著他的面子，保新夫婦十年平安。拙夫與李莫愁當時被迫答應十年內不跟新夫婦為難。」

既然是這樣，怨有頭，債有主，李莫愁就不應跟陸立鼎一家為難。這事與陸立鼎何干？要說李莫愁濫殺，不如寫她將嘉興姓陸的人盡數殺光，則更見兇殘惡絕。是故殺陸家的原因極是牽強。其次天龍寺高僧為何只保陸何兩人十年？何以不保十五年、二十年？又是一疑。再其次陸何婚宴之中，何以邀得天龍寺高僧？既有高人為座上客，陸何兩人的背景來頭自然非小，又怎能容得李莫愁十年後可以胡作非為了？再又其次何以陸展元、何沅君夫妻未滿十年而雙雙死去，這麼巧了？如果不死，這個局面便由陸展元去應付。李莫愁亦不致血印留言，趕盡殺絕；李莫愁不趕盡殺絕，神鵰的開場，便沒有驚濤駭浪、危機處處的可觀了！由此可見，李莫愁追殺的原因，全是堆砌，全是為營造開場的詭異激盪氣勢。

或者一些讀者以為，沒有這樣的開場，怎能引出武氏昆仲拜郭靖為師？怎能引出楊過？可知在寫作上，要引出楊過及武氏兄弟，有千萬種寫法，沒有這個開場，就難倒高手如金庸了？

相信大家也不相信。

神鵰的開場有氣勢而無理由，有詭秘而硬堆砌，有驚險而少伏筆。但隨後的小說，開場有氣勢亦有理由，有詭秘而有內因，有驚險而有伏筆，寫來更勝一籌的，便是《笑傲江湖》的開場。

《笑傲江湖》的序幕，是江南第一大鏢局林家滅門之禍。先是鏢局少主優哉游哉地打獵回來，在城郊酒寮小店進酒。偶遇強人調戲少女，路見不平，仗義出手，一時失手殺了來人。回到家裏，隨隊的鏢頭一個一個不明不白地死去，總鏢頭也認真起來。找到酒寮，已人去樓空，失蹤鏢頭的屍體卻在酒寮後院菜園內被人埋了，一眾滿腹疑團，摸不著頭腦，靜看事態發展。讀者也是摸不著頭腦，追讀著事態的發展。

一眾鏢師從菜園內回到鏢局，見大門外聚集多人，原來鏢局大旗的旗杆給人用利器砍斷了。第二天，鏢局少主的馬不明不白地死去，派出去打聽的二十三名好手，一去無蹤，倒找到了十七具屍體，橫七豎八地放在大廳中。惡魔一步步緊逼，懸疑愈來愈甚。後來街上的一匹馬，把二十三人中的最後一具屍體也馱回來了，鏢局中人都知道大禍臨頭，卻苦無對策，疑幻疑驚。

最後連去買棺木的下人也倒斃在街上。大門被人用鮮血寫上「出門十步者死」幾個字，又畫上一條寬約寸許的血線。有人就是不信，衝出血線，結果轉瞬命喪當場。寫到這裏，一切一切，神秘詭異，無以復加。受害人林震南也非弱者，而是個在刀口打滾的總鏢頭，朋友知交遍天下，可是被人弄得縛手縛腳，一籌莫展，而鏢局內良賤一眾，就像等待死期的囚犯一樣。

什麼人要對付鏢局呢？為什麼要挑了這間江南第一大鏢局呢？林家眾人命運怎樣？林震南又怎樣應付了？一連串問題，使讀者手不釋卷，一頁一頁地揭開這個秘密。成功的作家，從不忽略開始的情節。一開始，便要得到成功了！

為了福威鏢局被襲、為了林家有滅門之禍，林平之便要失手殺人。林平之要殺人，便要在山野小店有個妙齡弱女，為了有個妙齡弱女，華山派岳掌門便派個大小姐與師兄弟到福州開設間酒寮。作者的解釋是掌門覬覦福威鏢局家傳劍譜，早有預謀；但華山派在福州開間野店就有用了？開酒寮對覬覦劍譜有什麼幫助？岳不群早知林平之會仗義殺人？況且陰沉的岳掌門全將真意隱藏心中，眾徒兒也不知道。開間酒寮不如街頭賣武，乘機結識鏢局中人更合理。所以筆者以為，岳靈珊小姐紅粉當爐，只不過為《笑傲江湖》營造開場氣氛，才是主要原因。

長篇小說大有機會鋪排開場，但金庸在後來的中篇小說中，一樣也不忽略開場的描寫。《雪山飛狐》更是懸疑開場的佼佼者。

一群人在雪地上追逐互相廝殺（極像《連城訣》中花鐵幹一伙人追殺血刀老祖和狄雲），

卻來了一個技壓群雄的寶樹和尚，跟著被邀上雪山，發生一連串怪事，可謂極盡懸疑之能。《俠客行》中則是開封侯監集中群盜掩至。吳道通扮作賣餅老人，匿伏三載，群盜知道風聲，要來對付他，突然又跳出石清夫婦，一眾捨身相鬥，爭奪玄鐵令，而玄鐵令主人突然現身，於是才展開一幕離奇錯綜的故事。

開場除了運用懸疑詭秘之外，寫得氣勢澎湃的，要數《倚天屠龍記》為最，倚天的開場，高潮來臨慢了一拍。開始是說郭襄，說何足道，及至第三回，武當遊俠俞岱巖，途經浙東錢塘江之南，遇到鬼鬼祟祟的鹽梟開始，情節急轉直下，從俞岱巖無意奪得屠龍刀，至全身骨骼折斷，身成廢人。過程曲折神秘，步步驚心，懸疑詭秘，劇力雷霆萬鈞。這是金庸所有作品懸疑中最為出色的一段，讀來驚濤拍岸，鬼氣森森。

主角出場　不同凡響

從上文的引述，作者對每部小說的開場，是那樣重視，這樣精密的鋪排，顯然不是信手拈來，要下一番工夫營造。好的開始，便是成功的一半，想來金庸一定沒有忘記這句話。

故事的開場是十分重要，而故事主人翁的第一次出場也是這樣重要。金庸對筆下主人翁的出場，慎重得和小說開場一樣，下足心思。小說中的主角，有些是在故事中途出現，有些則是由童年寫起。長篇小說中，由童年寫起的，有袁承志、郭靖、胡斐、楊過、張無忌和韋小寶。出場時已是成年人的有《書劍恩仇錄》的陳家洛，《天龍八部》的蕭峰、段譽、慕容復、虛竹，和《笑傲江湖》的令狐沖。可能是長篇小說的關係，從上可見主角自童年寫起的多。主角的出現手法，又分兩種，一是先聲奪人、成眾人之的，一是無意中介入，想不到後來竟是說他。

童年出場的主角，漫不經意介入的有楊過和胡斐。楊過出場時只不過是個襤褸的小乞兒。看見李莫愁欺人太甚，突然把她抱著，勸她放人一馬，李莫愁走後，他拾取有毒的銀針玩，沾上了毒，遇上了歐陽鋒，故事的主線便從此落在他的身上。事前又有誰會想到這個頗有義氣的小乞丐竟是日後的神鵰大俠了？胡斐的介入和他差不多，是在商家堡中，苗人鳳追趕到妻子，但妻子南蘭再不肯跟他回家，一個衣衫襤褸的孩童在人叢中鑽出來罵他太狠心，這個乞兒模樣的小子，便是胡斐。

成年人而無意中介入故事的主要人物有段譽、蕭峰和虛竹。段譽像是個好事的紈綺子弟，跟著馬德見識世面，而虛竹只不過是個在少林寺外出現的地位低微僧人，毫不起眼，想不到後來是靈鷲宮主，天下第一大國手。蕭峰出場，亦只是樓頭一個壯漢，甚而身形裝扮也沒有太多的描述，就像在照片上看到一個朦朧的輪廓，對他沒有怎樣的重視。誰知作者寫蕭峰的手法，最為突出，就像霧裏黃山，看不清楚。但隨後一筆一墨，逐點逐滴地勾畫出蕭峰的為人性格，使人對他的印象愈來愈清楚，像黃山霧散，始見真章。之後對蕭峰所聞所見、所動所思，寫得愈來愈仔細，真如將黃山上一花一草，給仔細描繪出來了，使人的印象極為深刻，被他的能幹、偉大的性格而深深感動，歷久不能忘懷。

與寫蕭峰筆法相反的是寫慕容公子的寫法，是先聲奪人，遲遲不現身，製作極強的懸疑感，使人縈繫腦際，常常欲探索他究竟是一個怎樣的人物，這種手法，是其人尚未出場，已常被人談及，兼且推動故事情節的發展。作者屢用不鮮，但以寫慕容公子寫得最好（論男角一章論及，故不贅）。金庸第一部長篇小說，就用這個方法，主角陳家洛尚未出場，手下一干人等，兩人一對地遠赴回疆「千里接龍頭」來烘托陳家洛的聲勢。

丁春秋雖然不是主角，但是一個極突出的人物。金庸寫丁春秋的出場，也十分成功，也是用先聲奪人、山雨欲來的方法。先是人人談到星宿海的化功大法而色變，使人對這個魔星不寒而慄，繼而說出一眾徒兒的手段毒辣絕情，最後才徐徐出場，仙袖飄飄，大展神威，和南慕容鬥個旗鼓相當。但論出場，寫得最刻意的又不是丁春秋，而是《笑傲江湖》的令狐沖。

令狐沖還未出場，劇情已被令狐沖牽著走。令狐沖三個字，最先叫出來的是恒山派老尼定逸，定逸氣沖沖地在華山派門徒中找他的晦氣，因為令狐沖劫持了恒山派小尼姑儀琳，和淫賊田伯光論交，在酒樓對飲。跟著大伙兒到了劉正風家中，泰山派天門道人劈頭第一句也是要找令狐沖，要殺令狐沖清理門戶。令狐沖仍未現身，而這個時候，令狐沖的佩劍，卻插在青城派掌門座下弟子的屍體上，被送到大廳中。一時之間，令狐沖成了全世界的焦點。人人都想知道令狐沖究竟是一個怎樣十惡不赦的強徒。

誰料情勢一轉，被劫持的嬌怯貌美的小尼姑卻逃了回來，反而迴護令狐沖。於是又產生一種懸疑，究竟令狐沖是好是壞？儀琳斷斷續續抽絲剝繭地說出和令狐沖在一起的故事，令狐沖也就由一個反面十惡的人物，在天真無邪的小女子口中，變成一個多情、俠義、機智、勇敢的大英雄。

這時，眾人對令狐沖的觀感又改變過來，靜耳細聽，說到後來，原來令狐沖竟爾死了。令狐沖人未出場，但個人的故事便有這樣多的轉接。追查之下，原來令狐沖重傷躺在妓院的床上，雙目緊閉，不發一言。人物之中，令狐沖出場最奇特，然而奇中有詭、詭中有趣，自令狐沖三個字出現，到令狐沖有所行動（在妓院床上坐起來），作者共花了近九十頁篇幅去描述，佔了全書約十八分之一的筆墨，可見作者對這個主角出場的重視了。

寫令狐沖出場的筆墨沒有白費，讀者在令狐沖未現身前已知道他是一個怎樣的人物，印象深刻之至。但同樣以詭秘寫女主角任盈盈出場，便差勁之極，好沒來由地誤會她是綠竹巷的老婦。不知作者想表現什麼效果，只有一樣還可以勉強接受，便是借此指出令狐沖對老婦尊敬的性格，盈盈的出場，是個只聞其聲，不見其人的尊貴人物。讀者對她的性格印象模糊，樣貌更不清楚，刻意的懸疑神秘全起不了作用，也沒有迴響。盈盈是全書第一女主角，但沒有留下什麼可以談論的言行，平平板板的，還不及其他故事裏一個閒角，金庸對盈盈的刻劃失敗，是不是對她一下筆就錯了？

人物和故事的出場重要，其實「武功」的出場更為重要。武功如果沒有精心設計的出場序，便不會產生使人神馳目眩的效果。武功的表達要有深度，而且要有層次。金庸筆下的武功層次分別，一個勝一個，勝負之間又有人小的分別，品類細微。有時某人懂得利用有利環境，或者學得一兩下絕招，由負變勝。好比賽車賽馬一樣，互爭長雄，途中各有勝負，使人眼花繚亂、心跳汗出。這種表達的層次，細膩的交代，以《天龍八部》最為明顯。

《天龍八部》開卷不久，段譽受鍾萬仇夫人指點到木婉清處借馬救人，木姑娘已然中伏，為敵所困，木婉清好整以暇，並叫其中一個姓祝的老頭及早走避，這老頭知道她厲害，如奉綸音，拔足便跑。木婉清突然發難，將來人殺個措手不及，衝出重圍，途中高手黑白劍史安加入追截（新版刪去此節，可惜之極），仍給她帶著段譽溜去。這一段寫出木婉清武藝高強，敵人男女老幼、僧俠道俗，一概對之無可奈何；但逃到山上，忽然跑個南海鱷神出來，神威勇猛，木婉清的武功與之相比，不值一哂。於是木婉清便手到擒來，逼得她險些自盡。讀到這裏，以為南海鱷神武功最高，誰知葉二娘這時出現，南海鱷神抓她一把，在她一擺一避之下，便顯出武功又比鱷神高出了許多。原來葉二娘不是最高，他們還有惡貫滿盈的老大段延慶。武術的境界，便如層層高架，不知何處是止境。

段延慶的武功是至高了？他只不過與丁春秋平手，而丁春秋在虛竹手底，也只不過像個三歲小孩；虛竹武功高深，可想而知，但虛竹之上，一脈相連的，尚有童姥、李秋水和無崖子；回看自江湖義士黑白劍史安至無崖子，武功修為之層次，重重疊疊，中間品類已不知可分多少層，光是這種武功層次的設計，已可以使讀者掩卷想個大半天，回味無窮了。如果「武功」一出場，便是葉二娘鬥南海鱷神，縱然再有高人出現，總不及現在來得痛快，抑或木婉清遇到南海鱷神便一敗塗地，天下四惡的武功沒有相繼出場，全段便變得平平凡凡，無甚可觀。

《射鵰英雄傳》「武功」的出場，也有異曲同工之妙，不過還加上三分鬼氣、三分怵目的場面。

射鵰的武功層次，由江南七怪開始，此七人各有驚人造詣，享譽江南，為江南群豪之首，但七怪到了大漠，發現鐵屍梅超風，以活人練靶，以骷髏頭練指力，立即嚇得肝膽俱裂。梅超風武功的霸道，讀者毫不置疑，試想江南七怪尚敢與被楊鐵心譽為天下第一高手的丘處機激戰一場，打個平手，而梅超風一現，七怪則個個心驚，看來梅超風狠辣詭秘，武功最強了，無怪人人心驚，誰料梅超風業師尚健在人間。黃藥師一張木無表情的人皮面具，身形飄忽如同鬼魅，梅超風被他無聲無息地緊隨身後，想沾一下身後的衣角也沾不到。武功之深，又勝一籌。看來黃藥師的武功可以獨步天下了。原來尚有歐陽鋒、洪七公和段皇爺和他並駕齊驅。這四人各有獨得之秘。四人各擅勝場，最後，武功最高的人物找到了，是全真派的王重陽，但可惜遁歸道山，已然謝世。這一番設計，如剝洋蔥皮一樣：未到最後，不知究竟，作者將武功的高深，推到深邃難測的境界，到了最後，又一神來之筆，奇峰突出，武功最高的，卻是被黃藥師囚在石洞的周伯通。原來周伯通因禍得福，練得雙手互搏之術，於是反客為主，造詣比黃藥師高上幾達一倍，成了當世第一高手。金庸對武功的描述，手法高明、善於設計，寫來得心應手，倒成了讀者的福氣！

第六章　東方不敗愛繡花——談詭異驚疑

長篇小說，要吸引讀者追讀，有幾個基本方法：一是傳奇式曲折離奇，柳暗花明；一是愛情纏綿悱惻、可歌可泣；一是景象驚險歷奇、懸疑詭秘。金庸長篇小說之中，三者俱備，難得大多在曲折懸疑之時，而能合乎情理，出乎意料。合乎情理，出乎意料，這八個字輕描淡寫。但合乎情理，便難出乎意料，一些作者為了出乎意料，便不理會情節是否合理合情，這樣，可讀性便大大減低。設計上要符合這八個字的準則，除了要有廣博的知識之外，還要有豐富的人生經驗。所以畫家有神童，數學家有神童，小說家便沒有神童了！

含冤受屈　詭異駭人

所謂詭秘懸疑之下，又可以再分幾種情況：無頭公案是一種懸疑，含冤莫白也是一種懸疑；秘域怪俗是詭秘，匪夷所思、意料之外，亦是一種詭秘。所有因素都有一種吸引力，便是要讀者追看究竟，以求真相大白，方得安心舒意。

金庸在《倚天屠龍記》開場不久一段，寫得最有詭秘懸疑味道。後來才抽絲剝繭，逐一回應，叫人恍然大悟，拍手稱快。這段便是寫武當三俠俞岱巖黑夜之中，跟蹤欲有所圖的海沙派鹽梟，海沙派去到一所屋子，在屋外撒下毒砂，俞岱巖進入大屋，前後五進，見到屍骸遍地，死了二三十人，最後見到三個老人在煉刀，火光熊熊，突然一個年輕的錦袍客撲出來奪刀，煉刀三老又突起內訌，互奪寶刀，結果俞岱巖奪得寶刀，將老者救走，走到海神廟躺下，才知道寶刀是天下武林人士人人欲得的屠龍寶刀，但海沙派人眾追到，正當束手，突然傳來鬼異怪叫，又有人趕來，將海沙派的人趕盡殺絕。這段端的詭異，但故事不是在這裏終結，而只是開始。

俞岱巖無意奪得屠龍刀，怎知過江之時，迎面來了一艘血掌帆船，俞岱巖無端端地被人射上蚊鬚針，弄至全身癱瘓，口不能言，身不能動。這還不奇，最奇有個少年出二千兩黃金，要在東南一帶具有威名的龍門鏢局護送他回武當山，辦不到便要將鏢局滿門七十一口殺個雞犬不留。俞岱巖身處之詭，身遇之奇，可謂達到極點。

這段過程之中，包括了許多疑問，讀者不能不追讀，後來俞岱巖再遭一劫，全身骨骼寸寸折斷，才上得到武當。從此半生廢人，而害人兇徒是誰？為什麼要害他？屠龍刀又有什麼寶貴了？伏線牽引著半部小說。要讀到二分之一，才漸露曙光，恨得讀者心癢癢。

金庸在倚天一書中，懸疑手法接二連三，滾滾出現，用得最多。這根本就是一部偵探小說。情節全部以懸疑推展。及後張無忌被一個假扮蒙古軍士的高手印了兩掌，命懸一線，而此人又從此不現，叫人摸不著頭腦，後來無忌練成神功，調和正邪兩派之爭，眼見大事已定，誰知波濤又起，突然來了一股既要滅少林，也要誅武當的人馬，這股勢力明朗了，又再來一次懸疑，無忌四女友中，殷離被殺，小昭遠赴海外，趙敏不知所終。於是又引起連串問題。突然周芷若不知怎樣學得詭異高深武功，幾無敵手。一層一疊、一扣一緊，疑案接二連三，逼得讀者透不過氣來。

懸案橋段，並非倚天專有。《天龍八部》中，蕭峰追查身世，追查「大惡人」，便是書中情節發展的主要路線，正達全書四分之一。在《雪山飛狐》中，最後一段，苗人鳳胡斐相鬥，苗人鳳一招「提撩劍白鶴舒翅」只出得半招，全身已被胡斐掛刀罩住，只有閉目待死，而胡斐想起曾答應苗若蘭不殺他父親，然而若不殺他，自己也非死不可，結果怎樣呢？這個懸疑，作者至今仍未交代，仍讓讀者去猜想。

同書之中，田歸農歸天一節，卻極盡懸疑之能事，田歸農胸口被插上一支羽箭身亡，又疑女婿陶子安所為，又疑是胡斐下手，疑雲重重，會中各人對經過都只是一知半解。大家聚合起來，各道所知所見，才知原來是田歸農自殺。故事的表達形式，就是一篇上佳的偵探故事骨幹。

詭異的故事，多數是以黑夜來烘托恐怖氣氛，但光天化日之下，金庸也一樣可以寫出離奇詭秘的故事。白日之下，鬼氣森森，讀者亦有毛骨悚然之感的，便是《笑傲江湖》中，令狐沖經過浙閩交界廿八鋪的一段。

恒山派女尼，遇到嵩山派設計陷害。一座偌大的鎮甸，忽然只逃剩令狐冲一人，孤身在客店獨飲獨斟，恒山眾女尼才施施而入，突然傳來女子呼救之聲，眾女尼又逐一不明不白地失蹤。白日之下，鬼氣森然，可謂詭異之中，另一代表之作，不過好像刪訂過不少，將事情發展拖到晚上，新版只可略窺輪廓，極為可惜。

此外，《連城訣》中土豪萬震山午夜夢遊砌牆；《飛狐外傳》中程靈素帶胡斐入師兄姜鐵山薛鵲的鐵鑄圓屋，見到他用大鐵鍋蒸兒子姜小鐵；《碧血劍》中五毒教教主莅臨北京，在誠王府內開壇升座、詭異突兀，而教主竟又是一個千嬌百媚的嫵媚少女。這些都極盡詭異能事。

東方不敗是日月神教的教主，單是名稱，便是氣概不凡，何等威儀，且平日少有露面，益增神秘，而東方不敗確是一個厲害人物，竟能篡奪任我行之位，安坐大位十多年。武林黑道白道，無不聞之變色。但東方不敗的出現，竟然是這樣：

> 房內花團錦簇，脂粉濃香撲鼻，東首一張梳妝枱畔坐著人，身穿粉紅衣衫，左手拿著一個繡花繃架，右手持著一枝繡花針。抬起頭來，臉有詫異之色……眾人都認得這人明明是奪取了日月神教教主之位，十餘年來號稱武功天下第一的東方不敗，可是此刻他剃光

了鬍鬚，臉上竟然施了脂粉，身上那件衣衫式樣男不男，女不女，顏色之妖，便是穿在盈盈身上，也顯得太嬌豔，太刺眼了些。

金庸推出眼前的人物，不倫不類，不男不女，妖氣熏天，其實即使是普通女子的裝扮，也極少這樣鄙俗無知，即使日常見到愛作女子裝扮的男子，也沒有這裏描述的唐突。只是眼前的人物，滿面脂粉中露出了鬚頭喉結，他那「溫柔賢淑」的舉動，但使人毛骨悚然，只見他「慢慢給他除了鞋襪，拉過熏得噴香的繡被，蓋在他（楊蓮亭）身上，便似一個賢淑的妻子服侍丈夫一般；只見他從身上摸出一塊綠綢手帕，緩緩替楊蓮亭拭去額頭的汗水和泥污」。東方不敗的模樣鬼怪，行動令人感到反胃，但這人絕不可以小覷，他就拿著手中一根繡花針，將圍攻他的當世三大高手逼得手忙腳亂。行動如迅雷閃電，又如鬼魅輕煙。東方不敗根本不像一個人，而是一隻鬼怪，也虧得作者設計得出來。

除了場面和人物可以表達詭異外，含冤莫白往往便有詭異懸疑的成分。桃花島驚變也極是詭異，江南六怪在桃花島被殺，屍橫黃藥師之妻墓旁，只餘下瞎子柯鎮惡沒遭毒手。含冤的竟是世外高人黃老邪，黃老邪自顧身分，不屑辯白，造成懸案，最後才能真相大白。其實此段只不過製造緊張懸疑，殺人最重要的是兇手的動機，黃藥師就沒有殺六怪的動機，況且要殺他們，只不過舉手之勞，又何必要在自己家裏殺得屍臭滿屋？

無忌也曾屢被正教人士冤為淫徒，但沒有什麼實際損失，最後真相也大白。而含冤最無辜的是《連城訣》的狄雲。只不過因為愛侶太貌美，自己本事太低，被人設計陷害，誣他好色採花，構陷獄中，意中人又被一手奪去。全身被折磨得殘廢，屬於象齒焚身一類。令狐沖也含冤，被師父岳不群誣構教師弟盜人秘譜。真正的元兇卻是岳不群。令狐沖屬代罪羔羊一類，既有冤情，亦有大白，不過個中卻盡達懸疑之旨。

含冤橋段拖得最長的是倚天中趙敏含冤殺害殷離及幽禁金毛獅王，不過頗不合情理。寫作上，某些情節的設計可以不合情理，但含冤的橋段則一定要合理。因為合情合理，到後來才有澄清的條件，方有真相大白之日，人心大快之時。否則何必追求真相，否則求得真相則有被騙感覺。這裏趙敏含冤，為張無忌所仇所恨，以為趙敏殺害殷離，且細看這段設計上有何不合理之處。

故事裏有兩男三女，同處荒島，兩男是無忌、謝遜，三女是殷離、周芷若和趙敏，無忌一眾到一小島採藥替殷離治病，當晚便在島上投宿。次晨醒來，船隻已去，倚天屠龍刀劍全失。無忌中毒後無力，三女中趙敏不見蹤影，餘下兩人受傷。殷離終於因而病故，眾人推測之下，認定是趙敏行兇，無忌就親口說過要殺她性命，後來見到她也恨之入骨。

趙敏含冤，只不過製造懸疑。無忌不是蠢人，趙敏既有害人之心，在殷離面上劃上幾刀，何以又不劃周芷若了？趙敏不辭而別，又何須行兇？無忌不會想，聰明能幹的謝遜應有良法暗示，雖然說最初兩人乏力反抗周芷若，但後來藥性一過，對周芷若便毫無所懼，謝遜應坦言真相，迫周芷若取回刀劍，何必要在少林寺牢底畫圖示意？再者周芷若心思縝密，這樣嫁禍趙敏，只一離島，真相便大白，何不將趙敏乾脆殺了埋屍（劇情不許之故）？這樣做實有極大的漏洞。周芷若為了秉承師命，在荒島就把眾人殺了，奪了屠龍刀、倚天劍便爽快得多。

後來趙敏見到無忌，又故作神秘，這荒島之謎是天大之事，又怎能含冤不辯而指望他日真相大白？全書趙敏謀智第一，她又豈會甘心受對頭人冤枉？但趙敏不甘心受枉，書中許多情節便不能推展下去，所以趙敏含冤而且一路拖下去極為牽強。只不過作者文筆實在厲害，在其他優點蔽蓋之下，無理之處，不容易發覺出來。

絕域秘境　出人意表

從上面的例子，可以看見金庸對懸疑的重視，寧可不合理，也弄懸疑。故此在這方面大做文章，除了以懸疑的情節吸引讀者之外，寫寫秘境絕域使讀者開開眼界，作一下匪夷所思驚人之筆，亦是一個上佳的方法。金庸在小說之中，對秘境絕域的描寫，從不放過。這種帶領讀者神遊馳騁的手法，實令讀者神迷不已。

記憶之中有大漠風沙、駭人狼群的描寫（《書劍恩仇錄》）；有北極冰雪連天、茹毛飲血的冰火島生活（《倚天屠龍記》）；有富饒殷實、蓮葉田田的江南水鄉（《神鵰俠侶》）；有佛法莊嚴、寡民純樸的西南邊陲大理小國（《天龍八部》）；有半開化精悍之民的東北女真族人（《天龍八部》）；有白雪連天、白皚皚的雪山勁客（《雪山飛狐》和《連城訣》）；有飛流急湍的青龍險灘（《射鵰英雄傳》）；有鴻毛不浮的黑湖沼（《射鵰英雄傳》）；有一代繁華的揚州和京城（《鹿鼎記》）；有天外夷族哥薩克騎兵處的歐洲莫斯科（《鹿鼎記》）；也有孤懸海外、不知蹤跡的俠客島（《俠客行》）。這些地域，涉及大半個歐亞之地。範圍不可謂不廣，異景奇象不可謂不多，作者籌思行文，如天馬行空，了無阻滯，而最奇的，卻是作者偏愛地底幽洞的描寫。

相信最初出現幽域的是《白馬嘯西風》中的古城。那是位處戈壁沙漠邊緣的高昌古國。作者對這個古代迷宮有這樣的描述：

七人過了一室，又是一室，只見大半宮室已然毀圮。有些殿堂中堆滿黃沙，連門戶也有堵塞的，迷宮中的道路本已異常繁複曲折，加上牆倒沙阻，更是令人暈頭轉向，有時道途上出現幾具白骷髏。宮中的器物用具卻都不是回疆所有，李文秀依稀記得，這些都是大漢人的物事，只把各人看得眼花繚亂，稱異不止。但傳說中的什麼金銀珠寶卻半件也沒有。

這高昌古國遺址，在《書劍恩仇錄》中再出現一次，不過寫得更為詳盡，書劍中的白玉高峰，峰內有一個迷城，千百年前，就曾發生過可歌可泣的愛情故事。而迷城的大殿下正好是磁山，能將敵人的刀劍吸著，宮殿內又有翡翠池。香香公主就想下去沐浴。白玉峰的迷城，相信是從《白馬嘯西風》裏的意念衍變而來。不過無論如何，總叫讀者大開眼界。

除了迷城，金庸最愛寫秘道石窟。後來的小說，幾乎每本都有提及，如《碧血劍》金蛇郎君的墓窟；《神鵰俠侶》小龍女的古墓石窟；《雪山飛狐》冰雪之下冰窟，內裏金銀珠寶無數，田安豹和苗人鳳的父親屍身還嵌在冰裏；《神鵰俠侶》中絕情谷丹房之下的鱷魚潭，楊過和公孫綠萼一度棲身其中；《俠客行》島上秘洞藏滿武功圖譜；《倚天屠龍記》有明教秘道，是教主夫人和成崑幽會之處；《天龍八部》靈鷲宮後和西夏宮內石窟；《笑傲江湖》有華山派山後石窟；《天龍八部》中先有萬劫谷鍾萬仇的秘道，後有無量山福地。秘地之中，以地底石洞石窟最多。

除了石窟，西湖底梅莊的監獄和神醫薛慕華的地底機關也寫得極精彩。梅莊的機關深入湖底、陰森可怕，先囚任我行，後囚林平之，而令狐沖亦曾借此學得吸星大法。地底秘道比較有趣的是神醫家中逃避丁春秋的機關，少林僧和慕容復的部屬到訪不遇，明知神醫裝死，就是找不到他，後來巧匠短斧客，突然到屋外廊下，取了大石杵，在石臼下舂米。跟著屋後一排桂樹中，其中一株慢慢移開，露出鐵環把手，正要運力拉開，巧匠卻叫眾人向石臼撒尿，原來是埋了火藥。此時秘道仍未出現，巧匠再到石臼旁，將石臼左轉右轉，石板向旁縮進，才露出洞口。這回不是秘道詭異，而是發覺秘道的過程詭異。

秘境絕域是死板的一塊地方。出人意表、惹人錯愕的是情節的設計，金庸筆下有幾個情節的設計，真有石破天驚之妙。

金庸下意識之中，最愛寫弱女鎮群雄，使人驚疑錯愕。《飛狐外傳》中，袁紫衣以一個妙齡弱女，奪了九家半總掌門之位；《倚天屠龍記》中英雄不少，在武林大會中，周芷若突然以鬼魅刁辣的武功，勝盡諸人，連武當二俠俞蓮舟也被打敗，且將無忌刺得重傷；《笑傲江湖》後段，岳靈珊代父出場，爭奪五嶽劍派掌門，先後技壓衡山、泰山、恒山三派高手。

弱女逞強，當然叫人意外，不過懸疑驚異，只是一閃而過，效果卻也不大。《天龍八部》

中慕容復之父及蕭峰之父未死，突然在少林寺諸人前出現，也極具意外之感。再後又現武功深不可測之無名僧，詫異又升一級，此段原來早有伏筆。蕭遠山和慕容博之現身，卻解去不少疑團。原來害死單正一家、趙錢孫等一干人物、消除蕭峰追查「大惡人」線索的大惡人，就是蕭峰的生父，伏筆巧妙之至。蕭峰對此「每每比他早一步」之人恨之入骨。發現原來是生父之後，未有表白半句。想來蕭峰已將此人罪愆一概原諒。大約基於兩軍交兵，兵不厭詐之原則。不過受害人到底無辜，其父實在濫殺。慕容博之未死，則顯示眾武林高手被「以彼之道，還施彼身」所殺，是慕容博所為而非居於姑蘇水榭之慕容復。對開場時天南地北之人，同為慕容氏所害解釋至為合理。

出乎意料的設計，尚有三段姦情。一是《天龍八部》中馬大元夫人與白世鏡之戀。發覺馬夫人康敏，原來又有大情人段正淳面首，只覺又好氣又好笑。康敏勾引白世鏡（刪改後加上勾引全冠清），真的合乎情理，出乎意料。另一段姦情是《鹿鼎記》中高尊者和假太后毛東珠之戀。石破天驚之處是原來位貴儀尊的太后是假扮的，端的是神來之筆。揭穿後卻又合情合理。第三段姦情是韋小寶與建寧公主之戀。兩人姦戀情熱，建寧公主就不顧一切，將夫婿吳應熊閹了！這段看來有趣之至，卻又不禁好笑。大奸雄吳三桂，為求富貴榮華，兒子被閹，也得假裝無知無聞，哼也不敢哼一下，實在可悲之至！此段行文緊湊，詭異奇趣，建寧公主之刁潑，無法無天，為人所不敢為的性格，寫得淋漓盡致，虧作者金庸竟然想得出來，寫得出來。

蕭峰追查大惡人，追到馬夫人家，發現馬夫人與段正淳姦戀，固然大表意外，也可以說因此而一掌將阿朱打死。這個伏筆，更出人意表。也就是說如果蕭峰追查不到馬夫人，阿朱便不會喪命，金庸行文伏筆之佳，早有令譽，而筆者按伏筆而論，這段寫得最好。這段蕭峰曾有這樣的想法：

> 進了信陽城，見城牆腳下用炭筆寫著個「段」字，字旁的箭頭指向西，他心頭又是一陣酸楚，想起那日和阿朱並肩而行，到信陽城西馬夫人家去套問資訊。今日回想，當時每走一步，便是將阿朱向陰世推了一步。

蕭峰為了尋求真相，結果害了意中人一命，有誰能事先想到？造物弄人，世事常常出人意表，陰差陽錯，許多時候本來善意助人，可惜效果適得其反，愈幫愈忙。以為好事，但將危機進一步加深。胡斐就是這樣做了一次誤事的好人。

劉鶴真老夫少妻，恩愛逾常，遇到強敵，冒雨躲在廟裏，被強徒趕上，劉鶴真命妻子獨自逃生。劉妻不肯，撞在胡斐眼中，便決意幫助他們，門外來了穿粗布孝衣，凶神惡煞，樣貌奇醜的鍾氏三兄弟。胡斐把他們騙走，劉鶴真感謝之餘，說出原因，要將一封極為重要的信，趕送給苗人鳳。

不久，鍾氏三人去而復返，胡斐阻路，誰料三個惡煞竟然肯低首下心，軟語相求借路，欲直奔苗人鳳家中，胡斐幫人幫到底，當然使他們狡願難逞。他盡量阻延以助劉鶴真，結果一場激戰難免，將三人打走，趕到苗人鳳家中，已見劉鶴真將信送上。結果信紙一裂，立即熏盲苗人鳳雙目。胡斐一見大驚失色。原來劉鶴真方是害苗人鳳的歹人，被他千方百計攔阻的鍾氏兄弟卻是趕來見苗人鳳，叫他提防劉鶴真。胡斐橫加插手。鍾氏趕得愈急，胡斐阻得愈狠，竟爾好事作壞事辦，卒之誤了大事，害盲苗人鳳雙眼。這段架構妙到巔毫，原來劉鶴真亦非奸險之徒，只是為人構陷，後來自毀招子，以求良心好過。這段除了寫胡斐誤事外，亦寫鄂北鍾氏三雄恩怨分明、義勇為先的性格，劉鶴真之騙人被騙、於心有愧的情況，刻劃入微，絲絲入扣。這種連環互扣的精妙設計，就是在金庸其他的作品之中也極少見。

金庸曾在倚天開場，說崑崙三聖強訪少林，郭襄誤會好心報信之老人是歹人，希望他們被人打敗。而原來溫雅的何足道才是崑崙三聖。這段情節與胡斐一節極相似，但寫來浮光掠影，不及那一節精細。除了上述事例，出人意表的設計，值得一提的，尚有少林無名僧功夫最高：一次是覺遠和尚（張君寶業師），一次是藏經閣掃地灰袍老僧，一次是藏身枯樹窟與張無忌鬥個旗鼓相當的三老僧；而郭靖扮一燈大師受瑛姑一刀，功敗垂成；韋小寶逃難逃到莫斯科；天山童姥的返老還童。這些情節都有使人錯愕的驚喜。總之，吸引讀者的詭秘懸疑技巧，金庸用來，都有得心應手之妙！

第七章 屠龍刀現地動風雷——談軒然大波之因果

以前聽過一個小故事，說清朝有個皇帝微服出巡，行到一間廟院，看見對面太湖上帆船密密麻麻，穿梭來往。這景象使九五之尊的皇帝大開眼界，便對主持和尚說：「你見到湖上有許多船嗎？穿梭來去、密密麻麻，真不知道他們忙什麼！」主持說：「我的眼中只見到兩條船，他們只為兩種東西忙著——」皇帝一時摸不著頭腦，知他定有深意，便不打擾他說下去。老和尚說：「——他們一條載著名，一條載著利，世人便是為這兩條船一生忙個不休了！」皇帝老兄想想，不禁也點了幾下龍頭。事實，世人也真是為名忙，為利忙。

一些人常常表示追名逐利是極鄙俗的事，實在不屑為之。誰料這種人最愛在人背後玩弄手段追名逐利。但世人亦非無看淡名利之士。初生之犢淡言名利，皆因他們不知名利的可愛，「歌舞叢中戰鼓裏，漁翁都是過來人」的漁翁淡言名利，才是肺腑之言。曾經滄海，才使富貴於我如浮雲。人生年齡階段不同，對同一樣的事物，有不同的感受。春發夏盛，秋收冬藏，人生每個階段，有每個階段的境界，有不同的獵物。人生就有熱衷追求名利的時刻。爭名奪利是激發生命精粹的動力，是推展社會進步的發動機，反之若世人都不追求名利，社會便會停滯不前，陋病不改。追求名利只要不是不擇手段，何壞之有？有人說得好，求名，要求萬世名；計利，要計天下利。爭名逐利的方法正確，俯仰無愧天地之間，則名利何有污蔑之處？

權位財寶　人之大欲

名是抽象，利則具象，可以眼見，可以手觸，巨利當前，自然人人奮勇爭先，不過追奪巨利的過程中，又有層次先後之分。光是爭取爭奪巨利的機會，也可以鬧個天翻地覆，例如香港社會，家長都希望子女入讀名校；入讀名校無眼前的利益，但得入名校，他日在社會上便有爭名逐利的機會，所爭取者，背後仍脫不了名利。世上若沒有名利，社會便如一泓死水，水不揚波。社會上一旦出現神物異器，可以借此爭逐名利，於是平地起風雷，大地揚風波。武林人士愛建霸業，因為霸業背後有名有利；未爭霸業之先，便爭助建霸業利器。這些利器，來自兩個方向，一是失傳之武功秘笈，一是神物利器，武林人士會為此而鬧個天崩地裂，巧取豪奪，犧牲性命在所不惜。

小說，總有一些地方反映人性。金庸的小說，述及時空久遠遼闊，要在平淡的人生中掀起戲劇性的故事，只有從大多數人所追求的東西入手，才能使江湖動盪、湖海變色。人之大欲，莫過於名位財勢（在某些人看來卻是愛情）。所以，掀起腥風血雨爭奪的焦點，也脫離不開名、位、財、勢四字。而在爭奪之中，恩怨難免，愛恨夾纏，於是再加上的是一項復仇。

金庸的每本小說，故事的焦點都是爭奪，細列於後，以為印證：

一、《白馬嘯西風》：爭奪一張高昌古國迷宮的地圖。高昌迷宮有無數珍寶。
二、《鴛鴦刀》：爭奪利器，是刻著仁者無敵的鴛鴦刀。
三、《書劍恩仇錄》：勸乾隆皇帝反清復明，滿漢爭帝位。
四、《碧血劍》：爭奪金蛇秘笈及徐達府的寶藏。
五、《射鵰英雄傳》：宋、金、蒙逐鹿中原，爭帝位。
六、《神鵰俠侶》：李莫愁復仇、裘千尺復仇。
七、《連城訣》：爭奪連城訣及江陵天寧寺內的金佛寶藏。
八、《雪山飛狐》：爭奪天龍門寶刀及冰窟寶藏。
九、《飛狐外傳》：田、苗、胡、范四家連環仇殺。
十、《俠客行》：臘八粥的邀請促使錯認孿生兄弟。
十一、《倚天屠龍記》：爭奪寶刀寶劍，蒙漢爭霸。
十二、《天龍八部》：遼、漢、慕容氏爭霸中原，蕭氏復仇。
十三、《笑傲江湖》：爭奪《辟邪劍譜》及五嶽盟主。
十四、《鹿鼎記》：爭奪《四十二章經》內寶藏及漢、滿、蒙、藏人欲逐鹿中原。

對一般俗民而言，最大的吸引是利，所以金庸在多部小說中，爭奪的鵠之物是財寶：一些失落而數量驚人的寶藏。在作者最初的幾本小說之中，往往是爭奪寶藏的，如《白馬嘯西風》、《碧血劍》，此外，《連城訣》中的人都為天寧寺內的金佛寶藏發狂，滅師欺友。《雪山飛狐》中又是寶藏。當世「大俠」田安豹和苗人鳳的父親，就是為財而死，揭露人性醜惡一面。隨後的幾部書，奪寶的主題不再出現。可是到了封筆之作《鹿鼎記》中，一樣的爭奪滿人龍脈的寶藏，作者金庸對寶藏橋段的運用，可謂貫徹始終了！

寶藏是人間最直接的恩物，有了無窮的財寶，便容易得償大欲，無論公卿或賤民，衙門公差或綠林大盜，人人都可以將財寶據為己有而一朝暴富，所以寶藏始終最有吸引力。可是，在某些人眼中，寶藏仍然沒有吸引力甚至不屑一顧。

武俠世界中，寶藏未必對每一個人都有吸引力，例如對洪七公、莫大先生、劉正風、黃鐘公、胡青牛等或清高、或癡逸之士，他們都心有所屬，阿堵之物，與之無干。其次是已享富貴，又非亡命之徒之輩，例如乾隆皇帝一類人物，對寶藏亦不會熱心。再其次是一些小人物，縱然對寶藏有野心，但技藝不高，勢力不大，無力為能，空得恨癢於心，只好袖手旁觀，不敢加入爭奪。

雖然是這樣說，但寶藏仍是有引誘力，財富的增加對所有人都一視同仁。不過在許多情形下，財寶可以被人霎時間橫手奪去，而本身的武藝卻沒有這樣容易被人奪去，於是，很多人對可以陡增功力的武功秘笈更加珍視。

可是，武功秘笈，只有對身負功夫的人才有用，對一般人沒有作用，乍看起來，秘笈的魔力又沒有寶藏的大。但可知道武俠小說中，武俠式的人物代表了整個世界，差不多人人都懂武功。沒有武功的人很少會出現兩次以上，所以秘笈又變成了人人皆覬覦之物，每一個人都想藉著一些秘笈，一朝而稱霸武林，反而寶藏的吸引力愈來愈小。

小說中人物是武俠世界的人物，但讀者不是武俠世界中的人物，要使讀者起共鳴，世人喜歡的巨寶不能被忽略，而且，每部小說如果都只是爭奪寶藏，未免太低調了，所以作者乾脆就在爭奪武功秘籍的同時，也加上了對寶藏的爭奪。所以中期多本小說之中，同時有爭奪秘笈和寶藏的設計，這個原因，不知筆者猜對了沒有？

爭奪秘笈既然成為第一要務，能有更好的利器，以助在武林爭奪秘笈的器物也成了顯著的目標，其中當然以倚天劍、屠龍刀最著名。「倚天不出，誰與爭鋒」，屠龍刀一現，整個江湖便天翻地覆。白眉教（天鷹教）要奪，小小的海沙派要奪，長白三禽要奪。武當三俠也插上一腳。整個武林人物都要爭奪。於是一十人等除了張翠山夫婦都死在六盤山上，為故事埋下伏線。由此寫出了一個可驚可歎、可歌可愛的故事。

對於寶刀寶劍的爭奪，不是始自《倚天屠龍記》，早在作者早期小說之中，《鴛鴦刀》上已然採用，不過《倚天屠龍記》將這種情節發揚光大，做了一個萬人矚目的大主角罷了。金庸的小說，寶刀寶劍和削鐵如泥的匕首，都出現不少，但爭奪的，似乎只有三刀一劍，就是倚天屠龍刀劍、鴛鴦刀和天龍門的寶刀。在《雪山飛狐》中，對奪天龍門寶刀的描寫，真有雲譎波詭之妙，而一口冷月刀，更促成了苗人鳳和南蘭的姻緣，隨而揭開一段悽怨哀豔的故事。

武功高人對寶藏不屑一顧，而野心家又對秘笈不屑一顧，他們所爭的是權，是位。有了權，何愁沒有寶財，有了位，何愁沒有能人以供驅使。例如在明教中，一登教主之位，能人之輩如左右光明使者、四大法王，都甘受驅使。所以說名位之爭，對野心分子而言，吸引力最大。金庸小說，爭位之舉，又分幾個階層。最小規模的，是掌門之爭，是幫主之爭，一幫一門，對整個武林影響不大，但也爭奪得異常慘烈。

一門之中，記得《天龍八部》裏有無量劍東宗西宗之爭，《笑傲江湖》裏華山派有劍宗氣宗之爭，雖曰同宗，但相爭之時下手絕不容情，言語不合，立即斬殺，且要將對方滅絕。

岳不群歎了口氣，緩緩地道：「三十多年前，咱們氣宗是少數，劍宗的師伯、師叔佔大多數，再者，劍宗功夫易於速成，見效極快，大家都練上十年，定是劍宗佔上風，各練二十年，那是各擅勝場，難分上下，要到二十餘年之後，練氣宗功夫的才漸漸越來越強，得到三十年時，練劍宗功夫便再也不能望氣宗之項背了。」

……

岳不群捋鬚不語，過了半晌，才道：「他們死硬到底，始終不肯服輸，雖然在玉女峰上大比劍時一敗塗地，卻大多數……大多數橫劍自盡，剩下不死的則悄然歸隱，再也不在武林中露面了。」

同門相爭正統，爭鬥手段殘酷，和與死敵相爭時不遑多讓（記憶中初版是氣宗將劍宗殺盡）。爭奪掌門之位殺戮之狠，又以全真派為最。全真派由王重陽首創，二代掌門馬鈺，三代人才鼎盛，掌門懸而未決，按理應是尹志平繼位，但趙志敬覬覦大位，藉著蒙古人一時勢力，將異己全部縛起，逐一斬殺，竟欲把全無反抗的人盡數殺盡，斬草除根，殘忍之極。

除了掌門，幫主之位亦惹人垂涎。金庸筆下第一大幫會是丐幫，丐幫自洪七公、黃蓉以後，人才不繼。霍都王子曾化裝何師我入幫，企圖奪取幫主之位，幸好功敗垂成。野心家陳友諒亦曾挾天子以令諸侯，舉出假幫主史火龍於先、威脅假幫主史火龍於後，結果最後也是失敗。

教主之爭，最深謀遠慮的是任我行和東方不敗，後者早有不臣之心，前者將計就計。最後兩人難免當面一戰。結果東方不敗身死而任我行瞎一目（最後亦暴斃）。兩人爭奪教主，還禍及下屬，非我族類，立遭誅殺，絕無妥協之處，狠辣可見。五毒教主何鐵手，她的父親就是恐防兒女的武功不及，教主的寶座給人搶去，硬生生地將一個千嬌百媚的女兒的左掌齊腕砍去，鑲了一隻冷冰冰的鐵手，好使她的武功更勝一籌，以保大位。

奪位復仇　悄然歸隱

金庸中後期的小說，武林人士在爭奪的，除了秘笈，加上的不是寶藏，而是獨裁者的大位。

《笑傲江湖》中五嶽劍派盟主左冷禪，當了盟主仍不心足，處心積慮，一心要合併五派，創立五嶽劍派，然後堂而皇之地做了掌門人。誰知一山還有一山高，一切佈置，便宜了偽君子岳不群，岳不群在「謙讓」之下，登上了寶座。左冷禪既然是五嶽盟主，何必大做文章，一番佈置來做個五嶽劍派掌門？不過依筆者來看，兩者實在大有分別：盟主只不過是民主政體（組織）中的領袖，大家客客氣氣的；可以尊重閣下，亦可以對你不理不睬。但五嶽劍派掌門便是獨裁制度下的獨夫，是組織中的獨裁者。權力之大，無可掣肘。登上獨裁者的寶座，方能將權力欲發揮到頂點。

說到要發揮極點的權力欲，最好便是做個九五之尊的皇帝。所以中原板蕩、民生塗炭，江湖風波險惡，就是因為有人爭做皇帝。所以搶做皇帝，便成了小說的故事主線。坐了龍廷的，恐怕不穩，大動干戈；未坐龍廷的，想坐坐龍廷，更加大動干戈，害人無數，所謂一將功成萬骨枯，更何況是一國之位？故事與爭帝位有關的小說，為數也不少。金國四太子完顏（洪）烈，想金國基業萬世長存，不惜紆尊降貴，身走草莽之間，結納異人異士，而展開射鵰故事。蒙古郡主趙敏，以一嬌媚少女之身，統率江湖莽傑之士，誅少林、滅武當、禍明教，也是欲消滅民間反對朝廷的勢力而展開詭異激烈爭鬥；鮮卑慕容氏念念不忘復國，不惜嫁禍好人，濫殺無辜，挑起是非，因而產生半部天龍的骨幹；遼主耶律洪基意欲揮兵南下，進窺宋室，逼死蕭峰。飛狐故事的背景，也與帝位有關，就是李自成稱帝失敗的餘波，造成四大衛士失和，展成仇殺，而成故事骨幹。

帝位之爭，最早見於金庸第一部長篇小說《書劍恩仇錄》。但爭奪帝位非欲逞一人之欲，而是以民族大義為大前提，論描寫對帝位之爭最多姿多彩的，卻是最後寫的《鹿鼎記》。《鹿鼎記》中意欲問鼎中原稱王稱霸的大不乏人。有吳三桂、天地會鄭家捧的朱三太子、雲南沐王府捧的朱五太子、神龍教主、蒙古王子和西藏野心家桑結其志也不小，尚有意欲東張的俄羅斯人。當然，還有當今龍位得主康熙帝了。只見他盡情揮灑，力保江山，將一眾人物降服。若不是這一干人物的逐鹿天下，《鹿鼎記》便不會生出這許多事端來，故事也不會這樣豐富而多姿多彩。而韋小寶大概也只會在妓院做個龜奴，終老麗春院了。

從上述可見，金庸筆下爭奪的目標，漸次由世人皆愛的財寶，發展成絕對私欲的帝位，平凡人物可以爭財寶，但不能爭帝位，只有非凡人物才有爭帝位的本錢；由非凡人物興風作浪，使江湖的動盪又更深一層，爭奪中得得失失，又惹出無數的恩怨，有恩報恩，有仇報仇，似乎是江湖中的不滅定律，因而復仇也是風雷四起的主要因素。

《倚天屠龍記》中成崑以一人失戀，殃禍天下，因而造成明教分裂，謝遜濫殺。《雪山飛狐》全篇都以互相復仇為主幹。《神鵰俠侶》的主幹又是復仇，是李莫愁復情仇和裘千尺復仇。反清復明是另一種復仇，綜合而言，金庸激發故事因由，不外三種法寶：一是奪異（秘笈、利器）奪寶，二是奪權（盟主、掌門）奪位，三是復仇雪恨。

金庸的故事，結構上成功的地方，是既有上面爭奪復仇等端緒的設計，亦不忽略每個故事裏根（背景）的結構，且結構得充實而健全。因為我們讀到的故事，只是整個故事的片段，是上一個故事的延伸。細訴前因，尚可挖出大串故事。作者有時用第三者一人獨白說出；有時用人物事後對話中交代出來。例如袁承志到石樑派溫家，便聽到一個娓娓動聽的故事，而這個故事便是袁承志自己學得一身驚人武功的前因，也是整部《碧血劍》的結構根基。更值得欣賞的地方，是作者行文筆法一變，金庸活脫像個情竇初開的少女，說話溫柔入耳，中人欲醉，這段故事原文太長，摘錄一二：

她（溫儀）說到這裏，聲音又哽咽了，隔了一會兒，說道：「……這天下午……我們五個人在園子裏玩，我在盪鞦韆，越盪越高。身子飄了起來，從牆頭上望出去，見到綠油油的楊柳，一株株開得十分茂盛的桃花，心裏真高興，忽然，天霸哥怪叫一聲，仰天跌倒，我嚇了一大跳，後來才知道他胸口中了那人一枚金蛇錐，當場就死了……」

溫儀說：「我還不明白是怎麼一回事，只見牆頭一個人跳了下來，剛好站在我的鞦韆上，他用力一盪，鞦韆飛了起來，他將我攔腰抱住，我只覺騰雲駕霧般飛了出去，我以為這一下兩人都要跌死了，哪知他左手抱著我……他手指在我肩窩裏一點，我登時全身癱瘓，一動也不能動啦。」

……

溫儀說：「我在家長等了三天，一天晚上，忽然聽得窗下有人唱歌，一聽聲音，我就知道是他到了，忙打開窗子讓他進來，我們見了很歡喜，這天我就和他好了。有了你這孩子，那是我自己願意的，到而今我一點也不後悔……我們之間一直很恩愛，他始終尊重我，從來沒有迫我。」

溫儀和金蛇郎君夏雪宜結下一段情緣，情果早種，便是《碧血劍》這故事的前因。夏雪宜昔日的一舉一動，都籠罩著這故事日後發展的經脈，但夏雪宜從不出場。故事的根結實粗壯，所以整個故事的發展順理成章，水到渠成。

《書劍恩仇錄》的根是紅花會老幫主于萬亭發現乾隆的身世，文泰來也知道這個秘密，因而展開同胞兄弟鬥法，演成整個故事。《飛狐外傳》的根是闖王手下四大衛士的誤會，惹致後人連環仇殺。《射鵰英雄傳》的根是武林高人爭奪《九陰真經》，排出天下五大高手名次的後事。《射鵰英雄傳》又是《神鵰俠侶》故事的根，述說楊康遺腹子楊過的境遇。《連城訣》的根是三個叛徒的欺師滅祖。《俠客行》的根是梅芳姑暗戀石清不遂，偷去他的孩兒。《倚天屠龍記》的根是明教數十年前的變故：教主突然暴斃，成崑因情施虐，和明教正教派人（紫衫龍王）到東土潛伏。《天龍八部》的根是慕容氏圖謀復國和蕭遠山中伏。《笑傲江湖》的根是任我行失位、左冷禪謀立五嶽派。《鹿鼎記》的根是陳近南圖謀反清復明，組織天地會。

上述的情節，作者只作簡略的交代，其實任何一個情節，都可以發展成另一本小說，寫另一個外傳。例如任我行的失位被囚一節，已有精彩輩出的故事。究竟東方不敗有怎樣過人的才幹？怎樣披露了野心？任我行怎樣乖戾大失人心？怎樣借刀殺人將《葵花寶典》送給東方不敗？東方不敗怎樣部署？怎樣發難？怎樣收拾殘局？屬下的反應怎樣？向問天在事變中擔當什麼角色？東方不敗未成事前敢不敢自稱不敗？每一個過程，都是波濤洶湧、雷霆萬鈞。但記得這只是整個故事被埋藏了的根。情節已被作者結構得這樣緊湊豐茂，無怪主要故事之中，這樣令人覺得煞有介事，目不暇接了！

故事的根、故事的芽（起筆）、故事的主線，我們都談過了，現在，讓我們談談故事的果子，看看作者怎樣寫結局。大致上，所有的故事，都沒有皆大歡喜的結局——即讀者和書中人的皆大歡喜。這個不知是否與作者的人生觀有關。故事既沒有驚喜的結局，也沒有蒼涼盛衰興歎的收筆。每個故事，好像又牽起下一個故事。主人翁不是在無可奈何之下，匆匆離場，遠走他方，就是戛然而止，不作交代。筆者欣賞作者的佈局、起筆，但對收筆結局大都十分失望。

以長篇小說而言，陳家洛等紅花會英雄鬥不過乾隆皇，遠去回疆。《碧血劍》的袁承志，眼見世途險惡，遠赴海外（婆羅洲），遁世之中，顯然無奈。《射鵰英雄傳》郭靖黯然神傷，終以身殉國。《神鵰俠侶》楊過終於找到小龍女，攜手隱遁，總算有些意境，是筆者比較愜意的一個結局。

《倚天屠龍記》結局，差強人意，阿離死而復生，更是敗筆，在結局中周芷若的性格被寫得移擺不定。《天龍八部》結局也差強人意：段譽娶了諸女（想當然），虛竹娶了夢姑，慕容復癡了，阿紫、游坦之為情而死，只是一個當然的交代。只有蕭峰自殺有些張力、有點值得回味的悲劇蒼涼。到了《鹿鼎記》，韋小寶最後也是隱遁大理，了無新意。綜合而言，故事的結局都是消極的、平凡的，與故事的開場相比，氣勢及寓意上有雲泥之別。故事的結局，都是英雄人物在時勢前低頭。人類的智者也擺脱不了苦命的低調，至少，作者沒有給予我們一個希望——記得希臘神話的一個小故事嗎？一個藏滿邪惡精靈的匣子被無意打開了，疾病與邪妖充滿人間，但畢竟最後還有「希望」跑出來，這是一個多麼令人振奮的結局啊！

第八章　一陽指與吸星大法——談武功

既然是武俠小說，武術一定要寫得出色。武術的厲害，一在於武功的威力霸道；一在於互為長雄，爭鬥中之激烈可觀。

十多年前，金庸的武俠小說，被視為新派武俠小說，近年來反而不復再聞這種論調，恐怕是見慣不怪，由新漸舊了！筆者幼年初看武俠小說，總提不起勁。因為那時的武俠小說，多是我是山人、我佛山人一類的武俠小說，說的是方世玉打擂台的故事，或者是洪熙官、胡惠乾、陸阿采一類廣東武人的事跡。因為描述得不夠吸引人，看後全然忘記。原來每當形容到打鬥的時候，總是只寫出招式名堂。諸如上一招是「雪花蓋頂」，下一招用「老樹盤根」。對於不懂武術的讀者，企圖憑空想個大概也不可能。怎樣能吸引人如癡如醉地看下去呢？

但看金庸的武俠小說便不同了，武人的一舉手、一投足，都寫得清清楚楚，交代無誤。甚而引筆解述。這種充滿電影感的描述，將讀者由第三者觀劇者的身分，推至如同身在現場的第二者身分，賦予武俠小說一個新生命。試隨手節錄一段以作參照。

那人吹笛不停，曲調悠閒，緩步向正自激鬥的三人走去。猛地裏笛聲急響，只震得各人耳鼓都是一痛。他十根手指一齊按住笛孔，鼓氣疾吹。鐵笛尾端飛出一股勁風，向葉二娘臉上撲去。葉二娘一驚之下，轉臉相避，鐵笛一端已指向她咽喉。這兩下快得驚人，饒是葉二娘應變神速，也不禁有些手足無措。百忙中腰肢微擺，上半身硬生生地向後讓開尺許。將左山山往地下一拋，伸手便向鐵笛抓去。寬袍客不等嬰兒落地，大袖揮去，已捲起了嬰兒。葉二娘剛抓到鐵笛，只覺笛上燙紅如炭，吃了一驚：「笛上敷有毒藥？」急忙撒掌放笛，躍開幾步。

上文是說段正淳最初現身，從葉二娘手中救出左子穆的愛子。兩人交手的形勢、出手的情形，交代得一清二楚，比現場所見還細緻得多。除了描述動作之外，連當時人的心態想法，也寫得恰如其分。這種寫法，對過往的武俠小說而言，的確是一個大大的突破。

這種親歷其境，臥遊驚險奇趣的境界，使讀者大開眼界，狂追不捨，更配合了情節的發展，如天馬行空，匪夷所思。於是，武俠小說頓時崛起，成了最受歡迎的流行小說。相信這種寫法，不是始自金庸，但卻以他寫得最好、最有吸引力。

聲波卻敵　氣概不凡

金庸小說裏的武功寫得出色，除了對打鬥描述清楚俐落之外，還有兩點難以仿學的特色，就是對武功的演示和身負武功者的修為層次寫得清楚明確。尤其高手過招，令人過癮十足。那種強中自有強中手，一山還比一山高的意境，令人回味無窮，也是吸引讀者手不釋卷的主要因素。

除了一般的武打搏擊之外，高手比拚，款式繁多，作者另闢蹊徑，使讀者神馳於更高妙的境界。其中以聲響作利器，寫得最具神韻。此中又以東邪、西毒、北丐三者在桃花島交手最為可觀。

> 秦箏本就聲調酸楚激越，他這西域鐵箏聲音更是淒厲。郭靖不懂音樂，但這箏聲每一音都和他心跳相一致。鐵箏一聲，他的心一跳，箏聲漸快，自己的心跳也逐漸加劇，只感胸口怦怦而動，極不舒暢……只聽得箏聲漸急，到後來猶如金鼓齊鳴，萬馬奔騰一般，驀地裏柔韻細細，一縷簫聲幽幽地混入了箏音之中，郭靖只感心中一盪，臉上發熱，忙又鎮懾心神。鐵箏聲音雖響，始終淹沒不了簫聲。雙聲雜作，音調怪異之極。鐵箏猶似巫峽猿啼，子夜鬼笑，玉簫恰如崑崗鳳鳴，深閨私語。一個極盡慘厲淒切，一個卻是柔媚宛轉，此高彼低，彼進此退，互不相下。……這時發嘯之人已近在身旁樹林之中，嘯聲忽高忽低，時而龍吟獅吼，時而狼嗥梟鳴，或若長風振林，或若微雨濕花，極盡千變萬化之

致。簫聲清清、箏聲淒厲，卻也各呈妙音，絲毫不落下風。三般聲音糾纏在一起，鬥得難分難解。

上文數百字實在寫得太好，何止文筆美妙，藝術意境也極高遠超逸。三種聲音相搏，各擅其勝，令人歎為觀止。後來也有運聲卻敵之描寫（如《笑傲江湖》中的黃鐘公等），但都不及這段寫得生動精彩。

除了聲波禦敵外，口述武功也是一絕，比如無塵道長對乾隆近衛褚圓。褚圓劍招未用，劍式早已被無塵叫出來。一招跟一招依言使出。趣味性濃厚之極，武功強弱懸殊可見。同一情況，是梁子翁和郭靖交手。遇上洪七公，洪七公早一步説出梁子翁的招式，場面可喜有趣。此外，張召重和袁士霄嘴頭比武，各念招式比拚，結果張召重期期艾艾，驚得額汗涔涔而下。因為若真刀真槍比拚，早已一命嗚呼！此外，令狐沖在武當山腳與武當高手隔空演式而定勝負頗有異曲同工之妙！

還有的可看之處是雙手互搏之技。先是周伯通「發明」，後來傳給郭靖和小龍女。左手一套武功，右手一套武功。功力陡增一倍，確令人神馳。不過若細心想想，右手舞劍，左手便要搓劍訣，如果左手又來一套武功，便不能搓劍訣，實在無可能，但讀者不會斤斤計較這些小節。武功陡增的，還有雙劍合璧，全真劍法和玉女劍法合使，威力便不止一倍。金輪法王就是被楊過和小龍女的雙劍合璧打得落花流水，落荒而逃。

石壁遺譜　武功至尊

一般武俠小說的高手，功力可以神仙、老虎、狗比喻。但出場順序卻恰恰相反：最初是聲勢嚇人的惡狗，後來是老虎出柙，將狗的威風壓過去，成了萬眾之王。但到快要完場的時候，神仙出現了，天外有天，人上有人，將老虎打敗，人心大快。神仙不能常常出現，於是故事草草收場。

作者金庸另一成功之處，就是很快便擺脫了這條古老的公式。以平衡的局面，互有克制，常常鬥個旗鼓相當，以表現武功的頂點。以波濤湧現，代替了昔日高潮過後的一瀉如注。以奇特情節，使故事多姿多彩，以苦練不懈喻卓越不屈的精神、以人體潛力誇張神奇的武功，帶領讀者同遊他那豐富想像力的奇幻世界。武俠小說顯然是成人童話，但大家甘之如飴。因為筆調誠懇，說得煞有介事，沉醉一下在超現實之中又何妨呢？

在眾多故事中，作者對武林高手有兩個寫法，一是一出場便技冠群英，為當世高手；一是出場時技藝低微，由於奮學不懈，功夫與日俱增，最後成為當世第一流高手。以少年英俠而言，作者多採用後者，如胡斐、楊過、令狐沖等一干人。一出場便是高手的有陳家洛、袁承志和蕭峰等，都屬平原放馬，了無著痕一類。三人之中，筆者最喜歡袁承志的武功。此人身兼正邪之長，打從下山開始，便知道他和任何人搏鬥都會勝券在握。只看他怎樣耍弄人，而無須為他擔憂。作者亦寫出袁承志那「乞兒王子」真人不露相的俠隱氣派。追閱的時候，總有一種怡然自得的快感，以為自己也在大展身手，降伏群魔。這種快感，在讀其他書本時候，無法領略得到。雖然這種感覺有些幼稚，但是著實可愛。

袁承志的高深武功，是一步步介紹出來的，過程極為令人信服。袁承志的武功好，是因為穆人清的武功深不可測。穆人清的武功怎樣高呢？先要由楊鵬舉說起。

楊鵬舉一介鏢頭，打敗了幾個惡公差，已見技藝出來，但遇上農夫朱安國，便成了一個手無縛雞之力的人。而朱安國一伙山宗朋友之中，武功又無及得上闖王手下的黑臉少年崔秋山。崔秋山武功勝過他們十倍，他只教了袁承志八九天伏虎拳，仍未足十歲的袁承志便可以鬥得過一隻豹子。崔秋山武功之高可見。可原來他只跟穆人清學了不過兩個月拳腳，未及門牆，只不過學了一點皮毛；所以袁承志跟了穆人清十年，當然天下再少有敵手。

袁承志的高強武功，並不是全拜穆人清所賜，還有木桑道人和金蛇郎君的功夫。師承三者，學備正邪，才是如虎添翼。臨下山前一晚，才是袁承志集三大高手大成之時。他被石樑派張春九和禿子迷倒後，無意中發現金蛇秘笈以外的另一張紙。這一晚才是他得到武功登峰造極鑰匙的時刻。

另一張箋上寫的，卻是密密的武功訣要，與秘笈中不解之處一加參照，登時豁然貫通，果然妙用無窮。

他眼望天上明月，「金蛇秘笈」中種種武功秘奧，有如一道澄澈的小溪，緩緩在心中流過，清澈見底，更無半分渣滓，直到紅日滿窗，這才醒覺。

一個人跟師父學藝，說他立成高手，不大可信。必須假以時日，融會吸收，加以經驗，才能晉身第一流境界。在平庸寫手中，這一段大有可能略去，以為無關宏旨。誰知最為重要，因為明確表示，袁承志已融合所學，已窺廟堂秘奧。這樣一層層的精心鋪陳，讓讀者無法不信服袁承志無敵於天下，尤勝乃師。

作者寫主人翁練得真功的另一個方式是壁虎遊牆，一步一步慢慢來，最後達至極境。人物雖然不同，但得道的過程卻有共同因素。它的公式是這樣：

要學功夫第一當然是有名師傳授，其次要有內力基礎。如郭靖得馬鈺授以玄門正宗內功、楊過練蛤蟆功、張無忌先習《九陽真經》、游坦之練《易筋經》、段譽有朱蛤功（後作改為北冥神功）、虛竹有無崖子七十年真力等等。似乎內力根基，絕不能忽略。

第三，練功的地方要在人跡罕至的絕域：如郭靖在大漠；楊過在不見天日的古墓和人跡罕至的神鵰洞旁；張無忌在連環莊被騙，滾下絕谷遇到獼猴得學《九陽真經》，後在明教秘洞學得挪移功；游坦之在孤屋或郊野練武；令狐沖在山後古洞和西湖底牢獄；狄雲也在牢獄得丁典傳授；虛竹則在西夏冰窖和雪山。總之，學藝之時要隔絕塵囂，否則不能成為一流高手。看看慕容公子居處之精雅，生活之優游，便知道他永遠停留在二流功夫的境界。

第四，兼收所長、另有名師。大抵一個人最初學藝，多是被動的。但後來的再學習，都是自發的，為適應生活上的需求而學，學得也更為勤懇。郭靖業師最多，早有江南七怪，後有馬鈺還不夠，來個洪七公，再加個周伯通，最後連一陽指也得以學會。楊過身兼東邪西毒南帝北丐之學最後學自劍魔。在此之前，已具古墓派、全真派功夫。令狐沖除岳不群外，後有風清揚授劍法，吸星大法助長內功。張無忌學得挪移功外，還學會了波斯聖火令上的武功。另有師承，學藝由精而博，又由博而精。

第五，武功典範，一來自秘笈，二得自石壁圖譜。此一橋段，屢用不爽。秘笈之中，以

《九陰真經》最具魔力，它代表了一切名利權位，無論武功高低者，都得之而後快，而成武林第一人。其實在此之前，有金蛇秘笈，後有《葵花寶典》（《辟邪劍譜》）。尚有《連城訣》的《神照經》，少林寺《易筋經》及胡一刀之家傳刀譜，以及塗滿小昭指血羊皮的乾坤大挪移神功。得了任何一本秘笈，即可稱霸武林。武林中人亦不惜對之窺伺半生，欺詐背義。

石壁遺刻於《書劍恩仇錄》中高昌古國廢宮中最早出現。其後無一不以石壁遺功為武術至高境界。金蛇郎君墓穴有石壁圖文，華山崖後山洞有破盡五嶽劍法的招式，楊過古墓遺有石刻，段譽涉足無量山後的嫏嬛福地，虛竹靈鷲宮殿後有石刻圖譜，俠客島上有俠客行石壁文字。

無論秘笈或石壁遺刻，似乎都掌握了無上的智慧。任何人只要有機會覽閱，便可一躍而成當世高手。這個說法未免過於神話，與作者一貫作風不同。世間縱有絕學，又豈能人人都會學得？所以後來的描述，稍有變化，能窺閱秘學的人，都首先安排練上驚人的內功，如段譽的朱蛤功、張無忌的九陽神功、游坦之的《易筋經》內功。不過修習《辟邪劍譜》的林平之比較奇特，引刀自宮之後，便能練上如同鬼魅、厲害無匹的邪功；俠客島的石譜，使人瘋狂，忘家忘我，較有新境；只有靈鷲宮後石室石譜，對功力未夠者反成禍害，最為可圈可點，最合情理，可惜作者對此一掠而過，未有在這方面大做文章。

化功大法　無恥之尤

芸芸頂尖兒高手中，以射鵰四大高手東邪西毒南帝北丐和天龍結義三兄弟的武功寫得最具風格神采。黃藥師清厲，歐陽鋒兇猛，洪七公雄武，段智興溫厚。天龍之高手則段譽清靈飄逸，虛竹博厚謙和，蕭峰剛猛雄勁。七人之中，筆者偏愛黃藥師武功深不可測的描述，每每出場，都是拂塵而去。神龍見首不見尾，塵世俗士，豈高士甘於滯留？

作者所描述高手之中，大概可以分為陰陽兩路，陰柔的功夫柔和瀟灑，或陰鷙狠毒，如黃藥師、韋一笑、游坦之、虛竹、周伯通、玄冥二老等，以字體而喻，黃藥師武功如曹娥碑，瀟灑俊雅；游坦之和韋一笑接近一路，可比乙瑛碑；虛竹周伯通飄逸流麗，猶如文徵明的行草；玄冥二老則如鄭板橋之怪異古樸。

陽剛功夫一是剛猛險峻，一是雄健淳厚，如文泰來、蕭峰屬堂正剛猛，字體中如顏真卿歐陽詢；歐陽鋒雖然狠辣，但亦屬陽剛一路，有如黃山谷字體的雄險。趙半山、宋遠橋屬雄健渾厚，有如趙孟頫行書；段王爺和南帝武功則屬雍和大雅，有類書聖王羲之的黃庭小楷的筆畫。

除上述高手之外，很巧合有三個武功卓絕的獨臂客，一是善於使劍的無塵道長，一是金枝玉葉的長平公主阿九，一是行俠仗義、傲骨多情的神鵰大俠楊過。十指不全的高手則是九指神丐洪七公和遼國南院大王、正義不阿的蕭峰。除了武功高手之外，金庸所創立的功夫，名堂不少。至享盛譽的要算是降龍十八掌和一陽指了。降龍十八掌是洪七公至剛至正的武學，學得一掌，幾能攀上一流高手。黎生只學得一招「神龍擺尾」，就把西毒唯一傳人歐陽克打得只有招架之功，郭靖學上一招「亢龍有悔」後，無堅不摧，儼然已成一流高手，可見這套掌法的威力。

這套掌法奇特的地方是絕無花巧之處，就是明明確確地一掌打去，對方自然無法抵擋，只有迴避。記得郭靖對洪七公說黃蓉的落英掌厲害，四方八面地攻來，人影幢幢、虛虛實實，不知怎樣應付，洪七公說何必理會她的虛實，總之一掌亢龍有悔打過去，對方自然現出真身，忙於應付。洪七公的話果然有道理，任由對方怎樣幻變，終究敵不過堂堂正正的一掌。這個情況便就像一個忠實愚直的人和人爭論，不曉得説話的技巧，而對方能言善辯，常落下風。但只要堂堂正正將道理抖出來，對方詞不勝理，自然得到最後勝利。

降龍十八掌是至大至剛的武功，應列為第一武功，但從設計上來看，運用降龍掌的人，本身要正氣凜然、木訥端方，才能徹底發揮它的威力，如果小龍女使起降龍十八掌，威力自然減少，正如一個能説會道的少女，向人訴説自己被冤誣，總不免令人懷疑一下。試想創造降龍掌的洪七公，何等神威蓋世？何等正義凜然？在華山之巔，裘千仞就説：「沒有犯過惡行的，就請上來動手，在下引頸就死。」這幾句話説得眾人啞口無言，就此垂手後退，只有洪七公凜然而至，細數曾下手懲奸的巨惡，但從不枉殺一人，裘千仞聽了為之氣奪，掌法神威一若主人。

洪七公的降龍掌是剛正霸道，段智興的一陽指卻是淳厚雍和，也是堂堂正正、王道之極。一陽指是天下邪功的剋星，連西毒蛤蟆功對之也要退避三舍，一陽指的功夫像是一個雍容大雅之士，馴服桀驁不羈之徒，在控制全域之下令敵人折服，有容忍恕宥之雅；而降龍掌一出則如狂飆陸生、群魔辟易，正邪不兩立。從某個角度來看，一陽指確高降龍掌一籌，所以後來作者暗示武功至高的境界是一陽指傳揚下去的六脈神劍，以蕭峰眼見段譽舞動六脈神劍大敗慕容公子，暗暗心驚，隨而瞭解阿朱對他的體恤，神勇如蕭峰，最終也不是段家六脈神劍的對手，以此比喻褒揚神劍的厲害。

除了降龍掌和一陽指外，姑蘇慕容的「以彼之道，還施彼身」的功夫也大顯神威，這門功夫有點似《倚天屠龍記》中的乾坤大挪移，乾坤大挪移是該書中的最高武功，都是借力打力之法，而借力打力，不得不以太極拳為首。

作者在《倚天屠龍記》中對張三丰創造之太極拳推崇備至，事實上相傳只有太極拳才是中國人自創的武功，往自己臉上貼貼金，也不為過。玄冥神掌也挺厲害，和青翼蝠王的寒冰綿掌相近，是至冷至柔的功夫，恰和降龍十八掌一類陽剛功夫相反。此外，黃藥師的落英掌、周伯通的空明拳、楊過的黯然銷魂掌則偏於姿彩幻變，瀟灑流暢。還有能列位於一流境界的是廣博的功夫，如范遙和虛竹。內功方面，則要視修為而論，各有長短。至於輕功，當然是木桑道人傳下的神行百變和神仙姐姐的凌波微步最惹人遐思了！

金庸所描述的武功，其實可以明顯地分成兩類：第一類是常規武功，武藝高強的是非常人物，《書劍恩仇錄》、《碧血劍》和兩部飛狐傳都是這樣，由《射鵰英雄傳》開始，則偏重於神化武功的描寫，武藝技能超凡入聖，神化得能憑空抓物、氣流襲人（如火焰刀、六脈神劍），而內力又可以灌注，功力可以吸入或宣洩出來，可信程度不高，但作者畢竟「功力」太厲害，在妙招紛呈下，讀者都拋卻可信性而沉迷於浩瀚無邊的構思，愈看愈是有味道。但如化功大法一類功夫，怎有可能呢？

不過後來想想，又大有可能了！化功大法是一門挺厲害的功夫，遇之者既驚且懼，它可怕的地方是強盜行徑，將人家辛辛苦苦練成的功夫搶過來，據為己有，受害者成一廢人。普通的功夫，即被人打到七零八落，摧心斷掌，總有復元機會；但遇上化功，一切辛勞只是為他人作嫁衣裳，而且永無恢復功力的機會，見者豈不驚心？

與化功大法相似的功夫，有段譽的朱蛤功、虛竹的北冥神功和任我行的吸星大法。（《天龍八部》舊作段譽與木婉清石室孤對，恐情欲狂張，便吞下朱蛤求死，誰料因禍得福，能吸人內功；但刪改後則是誤入無量洞，取得練北冥神功心法，吸入內功，將段譽撥入逍遙派，與虛竹同源，似不及舊作純為大理功夫高明。）丁春秋和任我行的吸功大法都為人鄙視，為邪魔之最，但北冥神功卻王道堂正，隱然天下內力正宗，至為光明正大，究竟三者之間，怎樣定正邪？且看《天龍八部》中借段譽之口解釋：

段譽長歎一聲，隱隱覺得這門功夫頗不光明，引人之內力而為己有，豈不是如同偷盜旁人財物一般？隨即轉念又想，神仙姐姐這個譬喻說得甚好，百川匯海，是百川自行流入大海，並不是大海去強搶百川之水，我說神仙姐姐去偷別人財物，真是胡說八道，該打，該打。

其實這段解釋，有點牽強，仍然是力強者勝，能高者得。化功大法與北冥神功對弱者而言，一樣是巧取豪奪，何正何邪，實在難於分辨！直到一次筆者看到一篇聲明，譴責文抄公，才恍然大悟，化功大法就是文抄公大法，將他人研究的心得據為己有，洋洋灑灑地發表，一旦原著人勢孤力弱，窮年累月的研究心血，便為人一朝盜去，求助無門，啞口無言。文抄公的可怕可恨，與化功大法可怕可恨一樣，北冥神功則如入室弟子，盡得師門秘傳一樣，授受雙方皆悅，財寶無罪，盜寶有罪，它們的分別在取得的手段而非功力的效果。練就吸星大法和北冥神功之先，事前也要有準備工夫。先看看下面引述：

不料那老人反而十分歡喜，笑道：「很好、很好，你於少林派的內功所有甚淺，省了我好些麻煩……」過得片刻，那人放開他手腕，笑道：「行啦！我已用本門北冥神功將你的少林內力都化去啦！」虛竹大吃一驚。

——《天龍八部》

摸著（令狐沖）鐵板上的字跡，慢慢琢磨其中含義，起初數百字都是教人如何散功、如何化去自身內力，越來越覺得駭異……任我行笑道：「練這神功，有兩大難關，第一步是要散去全身內力……而練成的更寥寥無幾，實因散功這一步太過艱難之故。」

——《笑傲江湖》

作者對於這門吸人功力的大法，不殫煩地一而再，再而三的説，是必先散去原有的內功，這些描述，對故事情節全無影響，可有可無，大可刪去，但何以新版仍不刪去呢？看來這番話有這番話的價值。

人的年紀大了，經驗便增多，但人年紀愈大，便愈固執，愈容易堅持成見，老人對新事物、新觀念往往難於接受。一方面因為生機沒有青年時旺盛；另一個原因，就是因為早有先入為主的成見。而這些知識，其中一些就是早年贏得成功的因素，所以在時代進步的洪流中再學習，便拋不下先入為主的成見，無法接受新觀念，因而停滯不前。少年人有老成持重的作風對事業固然有幫助，而老年人有青年人的狠勁，肯容納和探求新觀念的心態更為難得。許多成功的科學家、藝術家、學者都是在到達一定水準時，拋卻原有成見，追求更新觀念而達到更高境界。既然是這樣，練北冥神功、吸星大法這類百川匯海、萬法朝宗式神功，又怎能不先拋去成見，驅盡原有的內功呢？

第九章　乾隆三會陳家洛——論知交摯友

七情之中，人說喜怒哀樂愛惡欲，[1] 漏了一種感情，便是懼。一個人在一生之中，可說少不了嘗試過懼怕的經驗。小孩子的時候怕黑怕鬼，長大了怕的東西更多，一些女孩子怕蛇怕鼠、怕蟑螂；另一些人怕壞人、怕老、怕失敗。總之，在每個人的心底裏，總會對一些東西有所懼怕。那麼一般人最怕的是什麼？

是怕死？不是！歷史上就有許多不怕死的人。英雄烈士的慷慨赴義，是不怕死！江洋大盜作奸犯科，斬首示眾之前大呼十八年後又是一條好漢，也是不怕死。俗語說：拚死無大礙。社會之中，就有拚死之士，連主張廢除死刑的人士也說：「民不畏死，奈何以死懼之！」可見，世上真有不少人不怕死的。

他們不怕死，怕什麼？香港有句俗語：「得閒死，唔得閒病。」原來最怕的，是病！

英雄也怕病折磨，何況區區常人？曾經見過一家人新年在家門貼上新的對聯，簡簡單單的，就是「和氣一堂添百福，平安二字值千金」的十四個字。平平安安，即是無病無痛。其實健康的身體，何止千金之值？現今日常書信，最後的祝頌語，以祝頌對方身體健康最多，可見病之可厭可懼。

病有什麼可怕？一是肉體及精神上的痛苦，其次是消沉一個人的意志。英雄豪傑之輩，生活之中，意志至為重要，一旦沉痾難癒，志氣低沉，便會感到人生蕭索寂寞，大有生無可戀之歎，一病頹然之例，亦屢見不鮮。

說病可怕，無寧說寂寞更可怕，病帶來了寂寞。所以病痛之時，可怕便有加倍之感，所幸一個正常的人，不會常病，但可悲的是，卻常寂寞。春閨怨婦，是寂寞；老驥伏櫪，也是寂寞；無類無敵，是寂寞；生無知己，也是寂寞。驅除寂寞的方法，一是保持生命的活力，二是廣交摯友。在武俠世界中，義與朋友，往往被放在第一位置，君可不忠，父可不孝，但對友不能不義！

武俠小說，寫武者多，寫俠者少；寫復仇相鬥者多。寫赴難捨身者少。大抵世界上爭鬥者多而酬恩者少。武俠小說便像鏡子一般反映出來這種社會現實，但儘管這樣，小說中的知交摯友，常常充斥字裏行間，因為到底情、義、武功，三者均是武俠小說中鼎足而立的支柱，論武俠小說，又豈可不談及朋友？

1　七情有多種說法，《禮記》是喜怒哀懼愛惡欲。今從俗。

部屬之情與忘年之交

一般人常常朋友並稱，其實朋友是兩種東西，應該分開上下兩部而論。一是朋，一是友。朋者，朋比為奸謂之朋，呼朋引伴謂之朋，只是一幫人經常聚在一起，遊息飲宴都是一起，可視為朋類，這些人多因時際會或利益一致而結合，所以一丘之貉也是朋。友者，是朋類之中，有交往情誼的，才能稱之為友。而人的交情，許多時候都是在交往中建立起來的，所以友輩之中，交情也有深淺之分。互相敬重、生死相許的是友，言不及義、酒肉相酬的也是友，行止有端方鄙俗之分，而情義卻無高下之別。金庸小說之中，論朋論友，大概可分為四類。

第一類是朋黨之義。朋黨之中，又各有朋黨之因：最常見的是共事一師，成了同門之誼，另外則屬同一幫一會，投契的便成了朋友，其他的是基於利益一致的結合，聯群而動，所以朋黨之中，互相的感情未必一定深厚，極易反目成仇。例如童姥手下的徒子徒孫，如烏老大、不平道人等，雖然滿口義氣，但爭執時卻白刃相加，絕不容情；石樑派的張春九，找到了寶物，便立即把一起來的同門禿子刺死，因利害而結合的朋黨，又有什麼情義了？

朋友，許多時候都會受到考驗，白世鏡與蕭峰何嘗一度不是至交好友？但白世鏡和馬夫人勾搭上了，蕭峰危難之中白世鏡何嘗肯站出來説一句公道話？（原作叛幫主謀是白世鏡，現今卻是全冠清為主謀，白世鏡為輔。）明教白紫金青四大法王，紫衫龍王與誰的交情最好？是金毛獅王謝遜，可是紫衫龍王搖身一變金花婆婆，她為了借奪屠龍刀，便在地上佈上鋼針，欺負瞎了眼、昔日互相敬重的好友，這樣的論交稱友，可叫人心寒一輩了。

朋黨之中，《笑傲江湖》的梅莊四友：丹青生、禿筆翁、黑白子、黃鐘公四人比較特別。除了武功，各人分別以琴棋書畫擅長。乍看四人交情大逾尋常，但回心一想，大抵癡於琴棋者，不會和癡於書畫者稱兄道弟，琴棋有琴棋的世界，書畫有書畫的膩友，試想黃鐘公和丹青生談〈廣陵散〉曲譜；禿筆翁和黑白子論黃米顏歐的書法，何暢快之有？他們四人其實並非生死之交，而是金庸筆下的組合人物而已（例如北喬峰、南慕容；《連城訣》中的落花流水——陸花劉水四大高手，亦是組合人物）。維繫四人的，只不過同是東方不敗手下的遁世獄卒。

朋黨之中，亦非全無厚義之輩，其中當以同門之誼交情最厚。同門師兄弟，多在少年認識。而少年之友，情感最為真摯，亦是最好的朋友，例如函谷八友，便不負盟約，見師尊聾啞老人蘇星河危難，同心一致，誓死追隨，師兄弟八人無一願獨偷生。陸大有慘死，令狐沖就悲憤莫名，人之相交，各有因緣，亦非全以時以勢而定。

朋友之中，最難相處的，並非同門之誼，而是從屬之情。小説中從屬之情不少，但可惜大多叫人只感其忠，不見其憫。

從屬之中，金庸筆下以慕容公子所統率的部下最為忠心。鄧百川、公冶乾、包不同、風波惡，都是可以獨當一面的人物。但因為祖上是慕容氏的家臣，所以對慕容家忠心耿耿，對主子的言行從不懷疑，只有向好的一方面想。一眾撞入對付童姥的邪魔大會，鄧百川示意慕容復急速抽身，無須與這伙殊非善良之輩交遊。而慕容復卻另有心意。

「在下見到諸位武功高強，慷慨仗義……但既交上了眾位朋友，大伙兒有生之年，始終禍福與共，患難相助，慕容復供各位差遣便了……」

……

鄧百川等四人卻盡皆愕然，只是他們向來服從慕容復的號令行事，即令事事歡喜反其道而行的包不同，對這位公子爺也決不說「非也非也」四字，心中均道：「公子爺答應援手，當然另有用意，只不過我一時不懂而已。」

鄧百川等對慕容復既慕且敬，但慕容復對他們又如何呢？草海屋內，慕容復向延慶太子詐降，包不同直斥其非：

包不同道：「你投靠大理，日後再行反叛，那是不忠，你拜段延慶為父，孝於段氏，於慕容氏不孝，孝於慕容，於段氏不孝，你日後殘殺大理群臣，是為不仁，你……」一句話尚未完，突然間波的一聲，他背心正中已重重地中了一掌。……包不同萬沒料到這個自己從小扶持長大的公子爺竟會忽施毒手，哇的一口鮮血噴出，倒地而死。

慕容復不喜歡包不同當面揭出其詐降計謀，立即痛下殺手，一個忠心耿耿、追隨不二的從人，就此不明不白地死去，慕容復固然狠辣，但由此可見兩人只有主奴之義，而無主僕之情。試想假若慕容復與包不同平日稍有情誼，他也不致不假思索，立即痛下殺手。兩人多年相處，仍建立不到友情，可見人之投契，各有因緣。

從屬之情最差的，要算是星宿派，星宿老怪丁春秋的一門了。徒兒平日極盡阿諛之能事，而事到頭來，丁春秋隨手一抓，將最接近的人（即最馬屁之人）變作腐屍以為武器對付敵人（游坦之），對下屬毫不愛惜。師徒德行俱如此，反使人感到理所當然。

從屬之間，兩者最為相得的是康熙和韋小寶。

康熙和韋小寶兩人，是天造地設嵌在一起、天衣無縫的一對。韋小寶無法無天，康熙雍容大量，但韋小寶一見康熙，便不敢放肆，不敢稍有異動。而康熙英明神武，稚心頑盛而要擺出尊嚴雍雅之貌。只有見到韋小寶，才回到自己應有的世界。康熙想調教好韋小寶，對他破格恩遇，而韋小寶在瞞騙康熙之時，也極關心他的安危，幾番捨身相救。兩人真摯的情誼、微妙的關係，下文見得最是清楚。

韋小寶……忽然想起一事，就道：「皇上，奴才有一件寶貝背心，穿在身上，刀槍不入，奴才就脫下來，請主上穿上了。」就著便解長袍扣子。康熙微微一笑，問道：「是鰲拜家裏抄來的，是不是？」韋小寶吃了一驚……康熙笑道：「這件金絲背心，是在前明宮裏得到的……那時我派你去抄鰲拜的家，抄家清單中可沒這件背心。」韋小寶只有嘻嘻笑，神色尷尬。康熙笑道：「你今日要脫給我穿，足見你有忠愛之心……這件背心，算是我今日賜給你的……」韋小寶又跪下謝恩，已出了一身冷汗……

韋小寶枉法徇私，難免涔涔下汗，可幸康熙精明而有器重，亦不深究，反而嘉賞，君臣之間，竟有這樣情誼。何以康熙對韋小寶破格恩遇？原來他們是少年時總角之交。少年膩友，多數不至斤斤計較。然而兩人深交，亦不長久，康熙雖念舊情，但韋小寶已生疏遠之念：

> 康熙蹙起了眉頭，在殿上踱來踱去，顯然心中有個難題，好生委決不下。韋小寶見狀，心下惴惴。小皇帝年歲漸長，威勢日盛，韋小寶見到他一次，總覺得親暱之情減了一分，畏懼之心加了一分，再也不是當時互相扭打時那麼肆無忌憚。

格於身分立場，韋小寶對康熙敬遠其實甚為正確。因為康熙若對小寶再稍加顏色，或者韋小寶稍為不知忌憚，則極易嬌縱敗綱，臣再不臣，君再不君。兩人如此相得，竟因立場迥異而隔膜，再不能互吐心曲，暢所欲言，實在十分可惜。後來韋小寶逃到大理隱居，誰的損失更大？當然是康熙！他雖然富有四海，但卻沒有一個可以在他面前放浪形骸的朋友，這也是位高者孤的可哀！

從上面事例看來，從屬上下之間，絕不可能有好朋友。幸而這種低調，給韋小寶和陳近南打破了。再翻看上面事例，何以上下難諧？原來丁春秋一伙師徒均是無恥；慕容復一眾是上者寡恩；康熙韋小寶之交是下者欺詐。

韋香主和上司總舵主陳近南的關係卻十分好，名有尊卑，但情如父子。陳近南被殺，韋小寶悲痛莫名，揮淚矢志報仇。何以同是韋小寶的上司，而韋小寶內心之中，對兩人一者有敬懼之心，一者有親近之意？

其間的原因，不在韋小寶而在韋小寶的上司。康熙精明，精明之人極少寬厚，而康熙是極其例外的一個。韋小寶詭詐，詭詐之人怎能不懼精明之士？何況後來康熙對韋小寶施加要滅天地會的壓力。陳近南的個性寬厚，寬厚之中對韋小寶充滿期望和原宥。性格之中甚而有犧牲自己、委曲求全的精神。看他被鄭克爽咄咄相迫而仍禮屈以事。詭詐本性的韋小寶看在眼中就替他不值。比較起來，他感到康熙的無形壓力和陳近南的仁義感召，因而對後者崇敬之情油然而生，上者體恤，下者崇敬，自然上下相得。韋小寶對康熙和陳近南的情誼，隨著歲月而此消彼長。所以一個體恤下屬、恩義有加的上司和一個忠誠無詐的下屬，建立深厚的友誼，也非絕無可能。（按：筆者不是非議康熙。康熙和陳近南各有長處。康熙治國，亦為天下蒼生，無自私之念，但以韋小寶修養，未必領會到這種更高層次的偉大。）

金庸的小說，「出路遇貴人」的橋段最多，所以筆下忘年之交不少。記憶中有李文秀和計老人及華輝、袁承志和木桑、胡斐和趙半山、楊過和黃藥師、丁典和狄雲、雙兒和吳六奇。上述諸人都是一老一少，學識技能水準參差、嗜好品性迥異。高攀者不易，下俯者身艱，竟能投緣相結，亦師亦友，實為異數。而忘年之交中，又以郭靖和周伯通兩人寫得最為出色。

按理一老一少，一人天機洞悉，一人胸無城府，一個大智，一個大拙，少有共通之處，寫他們建交已難，寫他們成為摯友更難。但作者寫來毫不費力，活靈活現，順理成章，這是作者成功的地方，也是值得我們探究的地方。

首先，作者設計周伯通是個老頑童，是最聰明和最成功的地方。老頑童周伯通是金庸筆下最可愛的人物。只要有周伯通出場，無處不現出生機靈氣。周伯通人雖老，但心不老，而心境尤稚，心懷天地，爛漫天真。沒有人想到會害周伯通，周伯通也不會害任何人，老人之齡而稚子之心。與郭靖天生純美璞玉般的性格，是天下最淳厚的一對渾人。兩人心意相通，結成摯友，所以毫不稀奇。看郭靖是怎樣遇上周伯通的：

……簫中曲調雖然比適才更加勾魂引魄，他聽了也不為意，但對面那人卻是氣喘愈急，聽他呼吸聲中真是痛苦難當，正拚命來抵禦簫聲的誘惑。

郭靖對那人暗生同情。

原來郭靖初見周伯通，便生好意、心懷同情之念。周伯通對郭靖又怎樣呢？

周伯通在桃花島獨居已久，無聊之極，忽得郭靖與他說話解悶，大感愉悅，忽然間心中起了一個怪念頭。說道：「小朋友，你我結義為兄弟如何？」

原來除了兩人投緣之外，促使兩人成莫逆好友的原因，便是寂寞。孤島之中，苦洞之內，悠久無人為伴，寂寞之情可知。想來周伯通若不是遇上郭靖，而是遇上一隻靈通的大獮猴，以周伯通為人，大可能早晚也與獮猴結拜一番。

忘年之交的一份情誼，最易發展成亦師亦友。既有良朋之義，亦有垂注之情，這類交情都有一個共通之處，便是年老的不擺架子，年輕的也不囿於世俗輩分之見。《碧血劍》中，木桑和袁承志的結交，更為合情合理。

他們兩個不同年紀的人，能結成朋友，第一個條件和周郭兩人一樣，便是寂寞所致，除此之外，木袁兩人更有相同的消閒興趣——弈棋。華山之巔，只有這兩人是棋癡，而後來竟然是年輕的小子勝過老棋手。作者一方面以袁承志的棋藝日有進步表示出小袁子的聰穎，另一方面承志藉此而賺取木桑的絕學，這段交情，打破年齡輩分的界限，設計得無懈可擊，而事實上這段交情為《碧血劍》潤色不少。

乾隆家洛　人中龍鳳

真正的好朋友，除了顧念舊情的總角之交，應是萍水相逢結成莫逆之交了！筆者以為金庸筆下，寫男性間的好友情義，寫得最用心的人物有三對：一是胡一刀和苗人鳳的豪邁，一是令狐沖和田伯光的奇詭，三是乾隆和陳家洛的溫厚。

胡一刀和苗人鳳的交情，是神仙中人的交情，寫來高義之極，將人間的友誼，升華到九天之上。胡苗兩人是注定的世仇，按理絕不能交成好友。但作者設計得兩人交情大逾常人而令人非常入信。這個奇跡，原來簡易不過，只在敬重兩個字上。

首先，這兩個生死之敵都非小人，而是大義之輩。兩人相爭的死結也不是由兩人親自結下，只是上代恩怨。兩個都只是負有解決這個死結的責任，而無私恨私欲的發洩。再者，便是互相敬重和欣賞。敬重之後，是產生推心置腹、捨生取義的高尚情操。他們絕不佔對方的便宜。苗人鳳與商劍鳴有過節，胡一刀恐他牽掛，代他料理對方。苗人鳳領謝之餘也要胡一刀好好休息一天，免佔便宜，兩人捨命的比拚，變成了學問的研究；甚而將絕學向敵人相授，他們兩人都知道其中一人終會命喪陰曹，但全不縈繫於心。他們把敬重和義氣、瞭解和欣賞，更放在性命之上。這種大義大勇，人間畢竟少有！

有人說朋友相處，愈賭愈薄、愈飲愈厚，另一對知交果真是愈飲交情愈厚。這對人便是令狐沖和田伯光。

令狐沖是天下名門華山派掌門君子劍的首徒，而田伯光是天下臭名昭彰的獨行採花大盜，江湖之上，以採花賊最為人鄙視。兩人竟然交上朋友，奇怪不奇怪？又有什麼可能呢？令狐沖初遇田伯光，兩人朝也沒朝過相，便被田伯光砍得一身鮮血，何以兩人樓頭初遇，正邪兩道，竟也識英雄重英雄起來。

「正在這時，有一個人走上酒樓來，腰懸長劍、臉色蒼白，滿身都是血跡。便往我們那張桌旁一坐，一言不發，端起我面前酒碗的酒，一口喝乾了。他自己斟了一碗酒，舉碗向田伯光道：『請！』向我道：『請！』又喝乾了。……」

「田伯光向他上上下下地打量，說道：『是你！』他說：『是我！』田伯光向他大拇指一豎，讚道：『好漢子。』他也向田伯光大拇指一豎，讚道：『好刀法。』兩人都哈哈大笑起來，一同喝了碗酒。」

從儀琳口中，可見兩人的惺惺相惜，其實當時田伯光對令狐沖頗有結納之意。而令狐沖對田伯光則無結交之心。令狐沖對田伯光示好，只不過想救儀琳。然則田伯光何以對令狐沖心懷好感呢？

田伯光是獨行大盜，沒有朋友。大概高士不屑與之為友，而泛泛之輩，田伯光也未嘗將之放在眼內。今日田伯光既遇令狐沖，從他竭力營救儀琳一事中，田伯光亦感到其人的義勇才智、鍥而不捨的毅力和犧牲自我的精神，田伯光人雖無行，殊非凡夫俗子，對美玉般的人物，自然青眼有加了。

田伯光待令狐沖以誠，但令狐沖為救儀琳，卻無所不用其極。竟然騙說坐鬥第二，用話先套著他，欺騙田伯光，田伯光豈甘受人欺，但極怒之下仍不下手殺他。處處忍讓，刮目相看，原來另有別情：

「田伯光笑道：『剛才我出刀之時，確是手下留情，那是報答你昨晚在山洞中不殺我的情誼。』……令狐大哥道：『我華山弟子，豈能暗箭傷人？你先在我肩頭砍一刀，我便在你肩頭還一劍，大家扯個直，再來交手，堂堂正正，誰也不佔誰便宜。』田伯光哈哈大笑，道：『好，我交了你這個朋友，來，喝一碗。』」

原來田伯光對令狐沖好生相敬，原因是令狐沖不肯佔他的便宜。令狐沖要公平的競爭，公平的競爭是個偉大的觀念。事實上，社會上競爭激烈，各出奇謀力求一著先鞭，公平競爭的機會愈來愈少見，令狐沖在劣勢之下，仍堅持競爭的公平，便是一條好漢。

這是一個開始，後來兩人果然成為好朋友。他們的交情奇則奇矣，但感染力不大，原因是這段交情斧痕可見，很容易見到作者「欽命」他們兩人成為好友。

查兩人之交，令狐沖負田伯光多，田伯光負令狐沖少，而令狐沖是否真的是一個絕不乘人之危的人呢，見他與風清揚的對答：

令狐沖笑道：「對付卑鄙、無恥之徒，說不得只好用卑鄙無恥的手段。」……風清揚雙目炯炯瞪視著令狐沖，森然問道：「要是對付正人君子，那便怎樣？」令狐沖道：「就算他是正人君子，倘若想要殺我，我也不能甘心就戮，到不得已的時候，卑鄙無恥手段，也只好用上一點半點了。」

田伯光扣著儀琳，意欲行淫，就是個不折不扣的卑鄙小人，而令狐沖竟然手下留情，可見和後來這段話大相徑庭，前後矛盾，但令狐沖人人可殺，田伯光卻不能殺，殺了田伯光，兩人便不能論交；而令狐沖不說上述的一番話與他的性格又矛盾之至，權衡輕重，於是作者便讓令狐沖手下留情。

其實田伯光這個人，是為令狐沖而存在的，田伯光的出現只不過是一正一邪襯托令狐沖浮浪之中正義的性格。田伯光挾持儀琳的情節，旨在表現令狐沖的智勇仁義，儀琳脫險後田伯光的重要性便大減，後來變成可有可無的人物。田伯光，連姓名也不夠氣派，叫「田萬里」、「田無敵」也好過叫田伯光，可見他的分量，連作者也不重視。

令狐沖和田伯光的交情寫得好而設計得假，但乾隆和陳家洛之交，設計得好而又寫得好，意境神、高、逸、妙，著著佳筆。人論至好之交，有三重障礙，即是好友，亦會因財失義；深交的，不會因財失義而會為爭女友反目；更深交的不會為女子而反目（如田伯光肯「義讓」儀琳予令狐沖為妻）而會因信仰主義而失和。乾隆家洛，人中龍鳳，敬重恩遇，但最終也不能成為好友，且看是什麼緣故。

循聲緩步走了過去，只見山石上坐著一個縉紳打扮之人正在撫琴，年約四十來歲……陳家洛心中突然一凜，覺得撫琴之人似乎依稀相識。那人形相清臞、氣度高華，越看容貌越熟，可是總想不起在哪裏會過，剎那間心神恍惚，竟如做夢一般，只覺那人似是至親至近之人，然又隔得極遠極遠。

兩人第一次相見，是以琴聲為媒，引而相會，已互顯出塵之姿，亦互見結納之意，兩人隨即以談論音律打開話匣，句語之中，充滿知音親切之情。

東方耳（乾隆）又道：「小弟尚有一事不明，意欲請教，不過初識尊範，交淺言深似覺冒昧。」陳家洛道：「但問不妨。」東方耳道：「聽見琴韻中隱隱有金戈之聲，似胸中藏有十萬甲兵，但觀兄相貌人似貴介公子，溫文爾雅，決非統兵大將，是以頗為不解。」陳家洛笑道：「小弟一介書生，落拓江湖，兄台所言，令人汗顏。」

兩人一見，大有知遇之音，乾隆更對陳家洛殷殷垂重，暗喻可助陳家洛平步青雲，但陳家洛則表示無意仕途，兩人都覺對方過於奇特，親厚之中，又有疑慮之意。

而後乾隆見他頗有恃才傲物，試他器量，向他要了隨身所有納蘭容若墨寶的摺扇，陳家洛毫不遲疑地送給他，而乾隆也禮尚往來，竟然將稀世古琴隨手送了給他。兩人談了半天，仍不知對方是何等人物，兩人都出手豪爽，都有結納之心，但無剖白之意，情意微妙，寫來有如扣弦不發，寓意無窮。

他們第二次相會，陳家洛已知道日間在靈隱三竺遇見的東方耳，竟是當今皇帝，於是坦言邀約。這次夜會西湖，逸興遄飛，花香陣陣，波光月影，笙歌軟語，一片人間美境。乾隆長居深宮之中，這般溫柔閒蕩，真叫他跌在雲霄之中，可惜景致雖美，但談不了兩句，各不相讓，兩人下屬各顯神通，結果乾隆乘興而來，敗興而返。

第三次兩人相會，更是驚疑，原來陳家洛夜祭生母，豈料一人早他而至，又竟是乾隆皇帝，這次不期而遇，陳家洛見乾隆在自己先人前切情拜祭，忘卻剛才湖上明爭暗鬥，竟然敵意大消，親近之心，油然而生，兩人攜手觀湖。

乾隆歎道：「可惜，可惜！」隔了一會兒，說道：「憑著今晚相交一場，將來剿滅紅花會時，我可以免你一死。」陳家洛道：「既然如此，要是你落入紅花會中，我們也不傷害於你。」乾隆哈哈大笑。……兩人伸手互拍之下，眾侍衛見皇上對陳家洛大逆不道之言居然不以為忤，反與他擊掌立誓，都感奇怪之極。

……

乾隆道：「我見你神色，總有鬱鬱之意，除了追思父母，懷念良友之外，心上還有什麼為難麼？你既不願為官，但有什麼需求，儘管對我說好了。」……陳家洛道：「當真？」乾隆道：「君無戲言。」陳家洛道：「我就是求你釋放我的結義哥哥文泰來。」乾隆心中一震。……乾隆不願他再提文泰來之事，問道：「你今年幾歲？」陳家洛道：「二十五了。」

乾隆歎道：「我不羨你閒雲野鶴，卻羨你青春年少。唉，任人功業蓋世，壽數一到，終歸化為黃土罷了。」

兩人又漫步一會兒，乾隆問道：「你有幾位夫人？」不等他回答，從身上解下一塊佩玉，說道：「這塊寶玉也算得稀世之珍，你拿去贈給夫人吧。」陳家洛不接……陳家洛不願再聽下去，將溫玉放在懷裏，說道：「多謝厚貺，後會有期。」拱手作別，乾隆右手一擺，說道：「好自珍重！」陳家洛回過頭來向城裏走去。（原文頗長，三會乾隆約四萬餘字。不宜全引，筆者斗膽節錄，尚望能保神髓。）

三段往返，不逾十二個時辰，始自午日，結束午夜日出之前，在山中、在湖上、在墳前兩人由疑惑、敵對而瞭解，寫盡君子渴交、知遇敬重之情。兩個高人，塵不沾衣，最初大有相逢恨晚之意，繼而顯出人各有志，只有莫逆於心，終於怏怏而別。這段會晤，寫來情容並茂，佳著紛呈，筆下有血有肉、有情有義、有智有勇，尤其乾隆雍和溫厚，慧眼識英雄；陳家洛卓爾不群，自惜自愛。如見其人，如聞其聲，再三重讀，一樣感到情致綿綿，筆者對兩人不能結為人間好友，仍有悠悠之憾。（按：書中乾隆，似是站歹角地位，其實全因讀者站在書中人陳家洛漢人立場而論，苟能客觀地再站在滿人角度而觀之，乾隆實不失人中龍鳳，故想來對乾隆並無溢美。）

英雄好漢，合則來，不合則去，絕無拖泥帶水，凡夫俗子亦無須替人可惜。金庸筆下好朋友不少，筆者以為其中兩對人物交情最篤，然作者著墨都不多，一是衡山高手劉正風和魔教長老曲洋之交，兩人可算以身殉友、以家殉友。一是藝高行猥的鹿杖客和鶴筆翁，兩人持藝賣身投靠，只不過為了功名利祿，到最後考驗關頭，鶴筆翁寧棄盡前功拋卻多年營利，也不忍下手逮友，可見交情之甚。世上最難得的是什麼朋友？是互相敬重的酒肉朋友。鹿杖客和鶴筆翁，兩人就是互相敬重的酒肉朋友！

第十章　宋青書枉出名門——談名門第二代

一個人的得失窮通，俗語有謂一命二運三風水，四積陰德五讀書，要想出人頭地，萬事亨通，讀書的功用排在最末，最重要的是命和運。比較起來，命是個人性的；運是社會性、環境性的。一個人好命，中國人說懂得投胎，外國人說銜著銀匙出世，都是指一個人生長在大富大貴之家，衣食無憂。大富大貴之家，即是名門。

名門之後，按理應衣食無憂，際遇也會比別人好。一般人對之欣羨之極，但若然真是名門中人、世家子弟，卻反而處處表現不欲憑藉家勢助力，要自創天下。其實名門之後，有幸有不幸，要是像李後主生於深宮之中，長於婦人之手，生活局限於小天地之間，如果可以選擇的話，相信李後主自己也不會這樣選擇。金庸筆下名門第二代，境況也似乎不大妥妙！

名門也可分為兩類，一是世家，如唐太宗，如袁術袁紹之四世三公；一是暴發戶，如朱元璋，如吳三桂。通常名門家規所限，比較注重第二代的教育，務求達至一定水準。而暴發戶由於力爭上游，對第二代的教育通常都關心不夠。不過他們的第二代，更有在社會上闖蕩的機會，以歷練代替了學歷。囿於環境，學術成就因人而異；但辦事處世，一般都比常人能幹。世家子弟依靠門蔭，不知世途艱難，又極易流為紈絝子弟，剛愎自用，故步自封。歷代帝王，當以開國之君最為英明神武。餘則每況愈下，其理在此。唐太宗雖出自世家，但在成長鍛煉上，則屬後者，少年時代經過一番闖蕩練功，故以能幹見稱（康熙稚年登極，海內垂平，實屬異數）。又以常人而言，吳三桂當非暴發戶，何以撥入暴發戶而論？皆因吳三桂霸業，不是靠豐厚祖蔭，他的奮鬥只會比別人多，不會比別人少，所以現今列入暴發戶一類。

金庸筆下故事，名門第二代頗不乏人，隨手拈來，有大理王子段譽，延平王裔鄭克爽，吳三桂世子吳應熊，鮮卑大燕遺嗣慕容復，西域白駝山（大雪山）嫡裔歐陽克，鎮遠鏢局少主林平之，聚賢莊少莊主游坦之，大理重臣武三思之子修文、敦儒，陳世倌之子陳家洛，大金王子完顏（洪）烈義子完顏康（楊康），武當掌門哲嗣宋青書等等。

林平之大忍大勇

一列人物，得志的沒幾人，命途乖舛的卻不少。其中以林平之和游坦之的遭遇最為慘烈。此「平之、坦之」兩難兄難弟。一個的悲慘是命中注定，一個是運氣使然。所謂命中注定，其實是一個人的性格發展促使他接受的境遇之謂。有人說一個人的命運，全由他的性格決定。大致上也說對了七八成。譬如兩人因誤會相碰撞，甲的性格隨和，向對方說聲對不起，乙的性格剛烈，一言不合，打將起來，最後乙頭破血流。可見同一事情，因性格之不同而產生不同後果。性格就決定一個人根本的命運。

性格的形成，一半由先天，一半由後天，先天就是祖族父母的遺傳。後天是環境與教育的熏陶，名門之後，都有極相近的環境，就是事事隱然高人一等。游坦之的悲慘命運，是命中注定。他的強烈個性影響了他的一生遭遇。

聚賢莊既能招攬群雄匯聚，開會對付公敵蕭峰，可見此莊聲勢不小。「游氏雙雄游驥游駒，家財豪富，交遊廣闊。武功了得，名頭響亮。」按理莊中男兒，不是英雄，便是好漢。怎料得游駒兒子，竟是一個鍾情美貌、倔強、胸無大志的男兒。

游坦之身世，作者用寥寥數百字，交代出來。游坦之年幼體弱、棄武學文，但頑皮執拗，游駒無可奈何，只好放任不理。到了十八歲那年，游坦之父母雙亡，便到處遊蕩，要找蕭峰報仇。

游坦之性格之不成熟，父親游駒要負全責。何以兒子可以頑皮執拗？何以放任不理？便是教養不嚴之過。游駒所以這樣放任兒子，皆因名門之累。游駒恃著家勢豐盛，只想到游坦之一生衣食無憂，一生中從不受人欺負，故此便放棄嚴格教養態度，任由他過著自我放縱的生活。誰知良田百畝，不如一技隨身。父母撒手人寰之後，兒子立即四方飄零，受盡欺凌，遭非人之酷虐。假使當年游駒教子有方，游坦之一定沒有這樣的悲慘命運。

游坦之的性格沒有大缺點，反而有一二可取之處。他沒有縱情享樂，謀財害人；沒有浮誇自大的紈絝子弟的性格。他有傲骨（可惜一見阿紫，傲骨變了癡迷），他被遼兵「打草穀」擄來，在蕭峰面前毫不乞憐，兀自撒下石灰，要與父母報仇，眼見報仇不成，便引刀自盡。要說他的缺點，只是倔強，游坦之就是只因為倔強積怨，便造成了他的悲慘命運！

若然他不倔強，他大可求助父親的親友故舊，相信一定有不少人樂於照顧他；若然他不倔強，有一流的老師，早就文武兼修，學得一身驚人業藝；若然他不倔強，他便不會對阿紫癡戀不捨，也不會遇到非人酷刑。

游坦之遭遇之慘烈，除了常受鞭笞之外，計有被快馬拖曳入京城，全身變成血人；做人鳶被放到高空，再重重摔下來；被套上貼著肌膚的面具；又要伸頭入獅口，最後聽命於阿紫，以血肉之軀餵毒蟲。一而再，再而三。單只任何一樣慘遇，已叫常人吃不消。不過游坦之心目中，最悲慘的莫如阿紫對他不屑一顧，棄如敝屣。他的悲劇，總有多少自選成分，是命中注定。

游坦之性格弱點，一是倔強，之後是自暴自棄，毫無奮力更新之念。雖然，英雄低首，莫問緣由。但成事在天，謀事在人。謀也不謀一下，便是脆弱。

游坦之對阿紫之癡情，本來不入情理。試想一介名門公子，年已十八，豈未見過美貌嬌娥？怎會被美色迷得這樣失魂落魄？游坦之對阿紫癡愛，完全建築在異性美色誘惑之上。沒有情，沒有義做基礎，只是單方面的一廂情願。游坦之心中就是充滿這樣的愛？想來游家一家武人，武人首重戒色。游坦之幼承庭訓，遠色為理所當然。其二游坦之性格倔強偏執，朋友斷不會多。父子之間，情誼又不見親厚（對兒子放任，舐犢之情可見不深）。少了傾吐心事的人，一旦屆好色而慕少艾年華，陡然遇到標緻婀娜異性，真如「渴馬奔泉」、「寒鴉赴水」地奔過去，一往無悔，必得親之而後快。游坦之情癡少見，但因果已早種，又怨得誰來？

另一個受盡折磨凌辱的名門第二代是林平之。林平之的悲劇遭遇卻是被動的。他一開始便跌入岳不群的陷阱裏。林平之出身也是家道富厚，才華平庸，性格上沒有什麼可議之處。本來可以平平凡凡快快樂樂地過一生，但外界的魔力，將他拖進噩夢般的漩渦裏。

林平之因家傳武學至寶，引得歹人覬覦。形勢一步一步地向他逼來：最先是偌大的一間鏢局被惡魔纏著。局裏的人都不明不白地死去。門前更被人畫上一條血線，越過此線者立死。一眾人等有如驚弓之鳥。林平之毅然踏過血線向仇人叫罵招命，已見其勇。舉家逃亡之時，林平之為岳靈珊所救，不肯單騎逃逸，對父母戀戀。及至荒野，厚顏求乞。備受村婦凌辱，也不肯偷、不肯搶，逆境之中，頗見風骨。及至余滄海、木高峰現身，仰人鼻息，屈辱求助。一介嬌嬌公子所以如此，無非忍辱負重，能忍辱負重的人，是一個人物。對於本身的不幸，他已盡了最大的努力。草隨風偃，身不由己，只有歎句何其不幸，寄予無限同情。

可惜筆者對林平之的溢美，到此而止。即使林平之藝成，宰殺青城派一眾如禽如畜，斬殺矮子余滄海、邪怪木高峰，亦無異議。這一役辣手鋤奸，真個驚心動魄、淒厲絕倫。林平之大仇得報。但是否一定要如此？這一役勝得是否光彩？自宮練劍可謂無復選擇；但玩弄敵人，致染瞎雙目，身受重傷，這樣的代價是否太大？結局是否需要這樣？

自從在絕崖偷回劍譜，苦心孤詣，練就辟邪劍法，林平之便得勢不饒人。人在江湖，豈無恩怨。我們對他似乎不能苛責。但大丈夫行事首重光明磊落，恩怨分明，林平之作踐妻子岳靈珊，對大師兄令狐沖的嫉妒，便是不該。這不是大丈夫行為。既然知道罪首元魁是岳不群，與其女兒無關，所以對岳靈珊即使無情亦應有義。與岳靈珊日夕相伴，而不明她的心意，則是不智。投靠左冷禪後將一眾困在華山石洞內，濫殺無辜，則是不仁。林平之藝成前是大忍、大勇的一個人物，但藝成之後，卻是個不智、不仁的卑鄙小人。因一己之不幸，而欲令天下之人皆不如意。心胸狹窄，怨氣沖天。他的不幸，與他的怨毒狹隘，不無關係。但人品之高下，總以器量行為依歸。這位名門第二代，仍使人失望。

另一名門佼佼者是宋青書。宋青書是一個怎樣的人呢？

眾人適才見他力鬥殷氏三兄弟，法度嚴謹，招數精奇……而在三名高手圍攻之下，顯然大落下風，但仍是鎮靜拒敵。……此時走到臨近一看，眾人心中不禁暗暗喝彩：「好一個美少年。」但見他眉目清秀，俊美之中，帶著三分軒昂氣，令人一見之下，自然心折。

作者金庸筆下宋青書何止藝高俊美、人中龍鳳，更是談吐得體、討人歡喜。一遇峨嵋諸女，即借張三丰之口稱讚峨嵋劍法，滅絕師太也忍不住出手，悉心指導。如此人物，又到哪裏找出第二個了？

這樣一個璞玉般的美少年，想不到竟然是個情場敗將。原來他看上早已心有所屬的周芷若。失去一件心愛的物品，很難再找到另一件代替品，彌補那份失去的感情；失去一個心愛的人，更難找另一個人去填補那失去的位置。宋青書對周芷若情癡不移，正是這樣墮入了魔障。

宋青書不是沒有頭腦的人。因師叔莫聲谷見到他的不端行為（窺伺諸女），失手打死師叔，便跌進陳友諒的陷阱。每一件事都受陳友諒的擺佈，弄致屈節投靠丐幫，亦在不計；後來要下藥迷倒師長、父親，他的內心亦期期以為不可，可見良知未泯；但陳友諒威脅要娶去周芷若，便方寸大亂，立即答應叛逆之舉，把忠孝道義棄置一旁，豈是名門正派君子所為？以其道得之與不以其道得之大有分別。宋青書對周芷若的愛意，是滿足佔有欲多於傾慕，最後不惜叛派逆父、弒叔謀祖，以致身敗名裂，慘死師叔俞蓮舟手下，真枉出自名門。

宋青書的悲慘命運，和名門有什麼關係呢？按理宋遠橋有子才俊溫文，談吐得體，可見對他的教育，確曾下了一番苦心，而且成績有目共睹。若然沒有周芷若，或者沒有一個使周芷若鍾情的張無忌，宋青書這個後輩中發光發熱的佼佼者，何以不堪情關考驗，有虧大節一至如此？

想來宋青書幼受呵護，聰明伶俐，得人喜愛。父蔭融融，長大了才藝出眾，不稱心如意的事，少之又少。一般人教導子女，著意教導他怎樣去「得」，忽略教導他怎樣應付「失」。知進不知退，凡事處處順利，一旦遇上挫折，打擊便大，心意難平，驟失信心，便容易不擇手段求成功。宋青書便是這類人物。

宋青書若是光明磊落，誠摯追求，周芷若與張無忌好事難諧之後，轉投宋青書懷抱，絕非沒有可能。但一向都是成功、得心應手的宋公子，卻因未能處之泰然而鑄成大錯。人格遇到考驗，變得脆弱不堪。名門第二代的一切有利條件，鑄造了第二代公子性格最脆弱的一環，實非始料所及！

吳應熊生不逢時

游坦之、林平之、宋青書三位公子，系出名門，都以悲慘結局收場。平平凡凡的公子，還有幾位。其一是山東八卦刀商家堡少主商寶震。商寶震也是和林平之一樣負起振興家聲的重責，倒也勤修武藝。後來跟得師叔王英傑兄弟，更是精進。不過仍是難逃情關一劫，糊裏糊塗死在意中人馬春花手上。

歐陽克也是名門公子，是西域白駝山（後改大雪山）西毒歐陽鋒私生子，武功唯一傳人。此人好色無行，武功永遠攀不上第一流境界，最後被楊康刺死。楊康也是名門之後，雖然生父非富貴中人，然養父完顏（洪）烈貴為金國四王子。完顏洪烈對之視同己出，親愛有加。父子之間心意相通，尤勝不少血緣骨肉之親。所以楊康的生活成長，實是個不折不扣的名門公子，卻又是個有才無德的青年，結果也是死於非命。

比較平凡而差強人意的名門之後，有大理三公之一武三通的兩個兒子，郭靖郭大俠的開山弟子武敦儒、武修文兄弟。此昆仲兩人不過是個平凡人物。幼年欺楊過伶仃；及長為追求郭芙不惜兄弟性命相撲，白刃相交。幸得楊過用計點醒兩人，除此孽障。終其一生，氣度、功業武功，均不及乃師乃父，不過比諸上述各人，命運平坦得多。

另一後進是陸冠英，年紀輕輕，武藝不弱，已是太湖群盜之首，太湖歸雲莊少莊主，當然系出名門。他也是名門中比較幸運一人，為人亦無虧節操，不失忠義，但終是成不了大功大業。名門際遇，對之無甚幫助。

名門之後，筆者對慕容復最為同情。人雖無行，惟不宜深責。

作者寫慕容公子，頗有獨特之處。他將這個突出的人物，寫得先聲奪人。處處得人提論、個個聞之動容色變，膽戰心驚。慕容氏「以彼之道，還施彼身」令江湖豪傑之士，聞名膽喪。無論黑道白道，對之又敬又怕。

江湖上以北喬峰、南慕容相提並論。許為天下第一高手。讀者都急欲知道慕容公子是個怎樣的人物，作者卻遲遲不讓他出場。作者借鳩摩智從大理趕到慕容氏老巢，以為可以一睹慕容公子風采，可惜仍是人去樓空；但慕容家武學泰斗的氣象，已躍然紙上。慕容公子愈遲出現，愈感其人高不可攀，深不可測。即使慕容公子終歸要現身，也是由部屬出場。包不同、風波惡、鄧百川、公冶乾，都是可以獨當一面的英雄好漢。統率如此豪傑者，自當是大大的一個非凡人物。誰料作者筆鋒一沉，慕容公子慕容復，竟然聞名不如見面。武藝超群，原來是其父而不是其子。

慕容復在小店遇丁春秋，已見左支右絀，勝得狼狽之至。隨後所見的武功策略，顯然不到第一流境界。及至少林寺外，與段譽一戰，一敗塗地，拔劍自刎，膿包之至，頗出人意表。他是作者筆下的反面人物。走筆至此，慕容復只不過是個失敗的可憐蟲，尚未至令人鄙夷地步。後來遠赴西夏求婚，逆旅之中，枯井之前，表妹向之表白心跡。豈知慕容復情斷義絕，將段譽打入井底，逼王語嫣落井。卑污人格，表露無遺。最後計陷段正淳，打死包不同，認延慶太子為父。一舉一動、所作所為，無不令人咬牙切齒，鄙視之極。但可知這樣的一個可恨人物，實有難言的苦衷。

姑蘇慕容氏原鮮卑胡人，祖先開國稱孤，南面為王，國號大燕。失國之後，子孫均以復國為第一要務。慕容復秉承列祖列宗、父親遺志，時刻以復國為念，壓力不可謂不大。以精壯之年，置貌美溫柔、深情款款的表妹不顧，不可謂不忍。慕容復廢寢忘餐，奔走招攬，拋卻貴公子安逸生活，所營何事？肯定絕非一己之逸樂。慕容復有生之年，可曾嘗到人世間的歡樂娛趣？慕容復是一個這樣有責任心的人，即使我們不喜歡他、討厭他，也不應抹煞他的優點和他的犧牲。一個破落王孫抑鬱的心理，常人又豈能理解？

他的可恨、他的不幸，不在自身而在他的宗族。慕容復命中注定是個可憐蟲，無論他怎樣努力，也擺脫不了他的悲劇性命運。一個曾經努力、終身肩負重任、肯擔當的人，我們何以忍心重責？誠然，慕容復有錯，那是錯在當初。復國復仇，雖然是第一要務，但與蕭峰的處事態度比較，慕容父子，可真汗顏羞愧，無地自容。

蕭峰道：「不行！」……凜然說道：「殺母大仇，豈可當作買賣交易？此仇能報便報，如不能報，則我父子畢命於此便了！這等骯髒之事，豈我蕭氏父子所屑為？」……

又道：「兵凶戰危，世間豈有必勝之事？……咱們打一個血流成河、屍骨如山，欲讓你慕容氏乘機興復燕國。我對大遼盡忠報國，是保土安民，而不是為了一己的榮華富貴，因而殺人取地，建功立業。」

慕容氏復國，便要屍骨如山、血流成河，以作踐蒼生而成一己一氏霸業。慕容復一人固然力有不逮，而於心何忍？苛責慕容復，不如苛責慕容博及慕容氏列祖列宗好了！

名門第二代的膿包不是慕容復而是鄭克爽！

鄭克爽是如假包換的膿包。他是延平王世系。除了身分尊貴、樣貌俊美之外，一無是處。只會頤指氣使，飛揚跋扈。既瞧不起人，也不會尊重別人。只曉得擺個公子哥兒款態，受人阿諛奉承。但遇到了韋小寶，爭戀阿珂（其實阿珂與此人最登對）事，綁手綁腳，苦頭吃了一個又一個，也摸不著來龍去脈。看他處處壓迫陳近南，因一己之私，竟叫父王最得力下屬自殘肢體，將右臂砍去，但剋星一到，便嚇得跪地求饒。

鄭克爽大吃一驚。那知他是虛張聲勢……便即拋下手中單刀。韋小寶喝道：「跪下！」鄭克爽雙膝一曲，跪倒地上。……韋小寶叫一句，鄭克爽便戰戰兢兢地遵命而行，爬入了棺材。韋小寶哈哈大笑，搶上前去推上了棺材蓋。……走出土屋。

世子之中，以鄭克爽最無能且卑鄙。通吃島上，陳近南與施琅對戰，佔盡優勢，但愛才若渴，正好勸勉投誠。豈知鄭克爽在陳近南背後就是一劍，將一個忠心耿耿、家族中最得力的壯士殺死。何蠢之至？最後勢孤力弱，屈膝降清，大氣也不敢透一口，閉門鬱鬱終身。鄭克爽的悲劇，是他的名門望族帶來的。如果他不是身在名門，一介凡夫，比現今幸福得多！

細看鄭克爽家庭，家事紊亂。母子不親（鄭經與母）、兄弟不睦（克爽與克臧）、豪門爭勢。難以兄友弟恭，父慈子孝。鄭克爽家庭教養之差，可想大概。豪門悲劇，多失於家庭教養，親愛和睦。

世子中人，以吳應熊最具才異。作者筆下名門第二代，以吳應熊最為精明能幹。吳三桂早年已廁身行旅，涉足江湖。強權欺詐，所見非少。吳子若具夙慧，追隨父親左右，見識膽略，當比足不出戶的二世祖強得多。

吳應熊身在雲貴，是一人之下、萬人之上的人物。吳三桂派他上朝籠絡，派他招待韋小寶，可見對這個兒子，極為倚重，而吳應熊對父亦殷殷至孝。當被韋小寶、九難劫持為人質，在重傷之餘，必不忘問候落在敵人手中的父親，性格上比前述諸子好得多。

吳應熊相貌英俊，步履矯健，難得的是懂得收斂。康親王宴上，謙讓得體；但吳應熊絕非謙厚君子，而且手段非常。韋小寶要找贓官盧一峰的晦氣，吳應熊便立即叫人去打斷了他的腿。韋小寶在看戲，因故行開，吳叫人停演，好讓他不中間漏看。被韋小寶知道盧一峰做了典獄官，便決心殺了他，叫個死無對證。吳應熊御下得法，巴結奉承，不著痕跡，實是官場中高手，一個不可多得的人才。以他的家勢、他的才略，本來可以得心應手，卻偏偏遇上剋星韋小寶，連計劃縝密、備以逃亡的滇馬，也無意中給韋小寶的巴豆，瀉到蹄軟，乖乖地躺在田壟上等待追兵來捉捕。還有什麼話可說？天既生瑜，又復生亮，吳應熊「這個小子」只好歎句生不逢時了！

翻開金庸的小說，名門第二代幾乎個個不得善果，叫人一額冷汗。究其原因，全在教育下一代問題上。人生教育，以接受場所而言，可分三端：家庭教育、學校教育和社會教育。古時沒有現代的學校教育，只有家庭教育和社會教育。社會教育是一種自我教育、自發性的學習。

這種教育的基礎則在於家庭教育。家庭教育是啟蒙教育，若然失敗，很難建立正確的人生觀。加之豪門爭寵，天倫寡薄，謙厚難存。名門第二代，多以傲人傲物見稱，遂禍生無門。

故事裏第二代的不幸，只不過藉此逼出戲劇性的效果。其實名門第二代翹楚英傑亦不乏人。如唐太宗李世民是英明的第二代；周武王姬發也是名門第二代。外國二千多年前馬其頓帝國、亞歷山大大帝亦是名門第二代。其父王菲臘在位時，威名赫赫，希臘諸城邦對之既敬且懼。近人榮獲諾貝爾物理學獎的兩個中國科學家，家學淵源，全是名門第二代。幸與不幸，是好是醜，全看名門對後輩的教育是否認真了！

附錄

附錄一

金庸小說秉承傳統小說的香火

楊興安

金庸的作品早已膾炙人口，讀者由販夫走卒至大學教授，其成功之處已不待多言。而金庸小說有強烈唐代豪俠小說精神，恐非讀者容易感受得到。筆者不揣譾陋，且為文闡述。

金著受古典小說影響深遠

我們在金庸的作品中，可以看到他典雅的文筆、古典故事的素材，還看到唐人描述豪俠小說的筆法和充滿中國傳統生活文化的敍述。金庸作品顯然受中國古典小說的影響極深。在一九六九年的一次訪問中，金庸有這樣的一席話：

在寫《書劍》之前，我的確從未寫過任何小說……有時不知怎樣寫好，不知不覺，就會模仿人家。模仿《紅樓夢》的地方也有、模仿《水滸傳》的地方也有。我想你一定看到。陳家洛的丫頭餵他吃東西，就是抄《紅樓夢》的。你（對林以亮說）是研究《紅樓夢》的專家，一定說抄得不好。

《紅樓夢》是公認的文學寶典，許多作者都會以之作典範來學習。金庸自己也說得明白不過。在金庸作品中，有如《三國演義》的借用歷史事件和歷史人物，如《水滸傳》中側重人物命運遭遇而成小說的發展結構基礎，都被他運用頻常而了無斧痕之處，可見作者對我國古典長篇小說寫法之圓熟，及對其影響之深遠。本文則著意於金庸作品與古典短篇豪俠小說的比較以《太平廣記》卷一百九十三至卷一百九十六中廿五則豪俠小說作為比擬對象。

豪俠作風一脈相承

在素材上，金庸作品與唐代豪俠小說頗有相近之處，虛構的小說中所出現的世界，充滿中國古代社會風貌。舊版的金庸成名作《射鵰英雄傳》，開場一幕郭嘯天、楊鐵心二人雪夜賞酒，見一個道人頭戴斗笠，身披簑衣，背上斜插長劍在漫天風雪中大步獨行，氣概非凡。楊鐵心便邀之相飲禦寒。作者寫道人充滿猜疑，有這樣的描述：

楊、郭兩人細看時，只見他三十餘歲年紀……他跟著解下背上革囊，往桌上一倒，咚的一聲，楊、郭二人都跳起身來。原來革囊中滾出的，竟是一個血肉模糊的人頭。包惜弱驚叫：「哎唷！」逃進了內堂。楊鐵心伸手去摸懷中匕首，那道人將革囊又是一抖，跌出兩團血肉模糊的東西來，一個是心、一個是肝，看來不像是豬心豬肝，只怕便是人心人肝……。

道人是丘處機，他的出場與豪俠小說中虯髯客出場氣勢極相似。李靖與虯髯客逆旅乍遇，邀之共酒。同坐一桌之後：

請取酒一斗。酒既巡。客曰。吾有少下酒物。李郎能同之乎。靖曰。不敢。於是開篳囊。取出一人頭心肝。卻收頭囊中，以匕首切心肝共食之。曰。此乃天下負心者心也，銜之十年，今始獲。吾憾釋矣。

丘處機和虯髯客都是鋤奸後取人頭置革囊中，再以之示人，既標其人技藝與神秘身分，亦收寫作上令讀者之慄異。金庸作品中有寫一江湖神秘而令人聞之膽喪的盜伙首領，竟是美豔無倫的妙齡女子：

袁承志道：「五毒教是什麼東西？」單鐵生急道：「啊喲，袁相公，五毒教是殺人不眨眼的邪教，教主何鐵手，你沒聽見過麼？」……殿後走出一個身穿粉紅色紗衣的女郎。只見她鳳眼含春、長眉入鬢、嘴角含著笑意、約莫二十三歲年紀，甚是美貌。……膚色白膩異常，遠遠望去，脂光如玉，頭上長髮垂肩，也以金環束住。

上文引金庸作品《碧血劍》中五毒教教主何鐵手的描述。唐豪俠小說中《原化記》載〈車中女子〉也是記當時京中盜伙，到皇宮偷竊珍寶，黨徒都是技藝高超之輩。但他們的首領也是色容豔麗的妙齡女子：

見一女子從車中出，年可十七八。容色甚佳。花梳滿髻、衣則紈素。二人羅拜。此女亦不答，此人亦拜之，女乃答。遂揖客入，女乃升床。當中而坐。

〈車中女子〉雖是妙齡少女，而氣派儼然，不失領袖氣度。此人手下「有於壁上行者，亦有手撮椽子行者，輕捷之戲，各呈數般。狀如飛鳥」使「此人拱手驚懼」。妙齡女子而為傲桀不群亡命之徒首領，在小說中出現往往有意外驚異效果，掀起讀者求異好奇之心而追讀下去。〈車中女子〉文字不多，對女子描述亦不及《碧血劍》中細膩靈動。

《廣記》豪俠小說中，多有少女、婦人、傭僕、老人一類荏弱位卑之士，實為身負異能之豪俠。如〈車中女子〉之少女盜魁、〈聶隱娘〉中大將聶鋒女兒、〈紅線〉中薛嵩青衣小婢、〈荊十三娘〉中女商人、〈崔慎思〉中只許求為妾之女子、〈賈人妻〉中王立之妻，均先以弱質示人，及後方知為凌悍人物。以老人姿態出現之異人有〈京西店老人〉中老木匠、〈蘭陵老人〉中之掉臂而行的里中老翁。以奴僕出現之異人有〈崑崙奴〉中磨勒、有〈田膨郎〉中小僕等等。其中以〈京西店老人〉的教訓後輩而又深藏不露，寫得極具神采。故事說旅店一個貌若平凡的老人，實有驚人技藝，對後輩小子小懲大戒。金庸作品中亦有描述毫不起眼老人之驚人武藝，令人咋舌。

眾人一齊轉頭望去，只見一張板桌旁坐了一個身材瘦長的老者，臉色枯槁、披著一件青布長衫，洗得青中泛白，形狀甚是落拓，顯是個唱戲討錢的。……卻見那老者緩緩將長劍從胡琴底部插入，劍身盡沒。……那老者又搖了搖頭，說道：「你胡說八道！」緩緩走出茶館。

……有人向那矮胖子道：「幸虧那位老先生劍下留情，否則老兄的頭頸，也和這七隻茶杯一模一樣了。」……那矮胖子瞧著七隻半截茶杯，只是怔怔發呆，臉上已無半點血色，對旁人的言語一句也沒聽進耳中。

上文引金庸作品中《笑傲江湖》。臉色枯槁的老人是莫大先生。莫大先生乃不可貌相之人，本領深藏不露，大有京西店老人之風。金庸乘長篇之便，再將之寫成悽楚無奈、外冷內熱的老人，人物的塑造，比〈京西店老人〉更成功。除了老人外，金庸作品中那出現不少唐代豪俠小說中愛用的人物和情節。例如妙齡少女技壓強雄的橋段便不少，見《笑傲江湖》中岳靈珊在爭奪五嶽派掌門時大露身手；《倚天屠龍記》武林大會中周芷若技冠群英，奪得「武功天下第一」的名頭；《飛狐外傳》中程靈素以一盈盈弱女、羞怯嬌小，卻令江湖豪客聞名色變，退避三舍。

技藝高強的奴僕與方外之士

金庸作品中技藝高強的奴僕在《倚天屠龍記》中有趙敏手下家人「阿大」、「阿二」、「阿三」。同書中殷天正家人殷無福、殷無祿、殷無壽三人都是可以獨當一面的人物，縱被叛離家庭的三小姐蛛兒戳傷一人，還是不敢跟她動手，只好抱了傷者而去。同樣《笑傲江湖》中梅莊四友的管家丁堅、施令威，也是武林好手，而甘為役僕，與唐人小說中身負異能之廝僕無異。

在人物方面，唐代豪俠小說多有僧人道人出現：如〈虬髯客〉中會望氣道人；〈僧俠〉中盜魁僧人；〈聶隱娘〉中盜去隱娘之女尼；〈盧生〉中搜索天下妄傳黃白術之盧生；〈許寂〉中既有道人，亦有頭陀僧；〈丁秀才〉中圍爐之道士。小說中涉及寺院（如荊十三娘舍於支出禪院）道觀（丁秀才寓之茅山紫陽觀）。金庸作品中亦不乏道人僧尼之描寫，成了武俠世界中不可缺少人物。金庸除寫中土僧人外，尚寫胡僧番僧，如《神鵰俠侶》中之金輪法王與《天龍八部》之鳩摩智；寫有道之士如《倚天屠龍記》中張三丰；也寫淫邪惡道如《碧血劍》之玉真子。金庸的作品中，從來都沒有忽略僧尼道人的存在。

在塑造人物上，唐人豪俠小說所偏愛寫的少女、老人、奴僕及僧道異人，在金庸作品中亦佔極重要位置。在長篇故事，精彩筆法之下，大有青出於藍之概。

旁知觀點的敘事筆法

唐人小說素受論者推崇，宋洪邁曾說「唐人小說，小小情事，悽婉欲絕，洵有神遇而不自知者」，寫出唐小說之感人。在唐代豪俠小說中我們可以察覺到小說的作者都愛用第二人稱敍事觀點的寫法。把要寫的人物，也由小說中人物介紹出來，寫出他們對此人的印象感受，這樣讀者看來，便親切得多，故事也感人得多。《太平廣記》廿五則豪俠小說中用此筆法有：

一、〈虯髯客〉——透過李靖和紅拂的視野與交往而描述虯髯客。
二、〈車中女子〉——透過入京應明經試吳郡士人所遇而寫車中女子。
三、〈崑崙奴〉——透過崔生遭遇而寫磨勒。
四、〈僧俠〉——透過士人韋生所見而述僧俠。
五、〈崔慎思〉——主題寫崔妻，透過崔慎思而述。
六、〈京西店老人〉——透過韋行規所遇而述。
七、〈蘭陵老人〉——透過京兆尹黎幹而述。
八、〈盧生〉——透過好言善縮錫之唐山人而述。
九、〈田膨郎〉——透過王敬弘而述小僕。

十、〈潘將軍〉——所述三鬟女子透過王超視野。

十一、〈賈人妻〉——透過縣尉王立而述其妻。

十二、〈許寂〉——透過許寂而述劍客往來。

金庸作品雖然也寫古代人物，但愛用第二人敍事觀點之筆法不讓唐人專美。在《射鵰英雄傳》中穆念慈和楊康比武招親一場，便寫得最清楚：

穆易初見那小王爺掄動大槍的身形步法，已頗訝異。後來愈看愈奇，只見他刺、扎、鎖、拿、盤、打、坐、崩，招招都是楊家槍法。這路槍法是楊家的獨門功夫，向來傳子不傳女。在南方已少見，誰知竟在金國的京城之中出現。……只是他槍法雖然變化靈動，卻非楊門嫡傳正宗，有些似是而非，倒似是楊家偷學去的……只見槍頭上紅纓閃閃，長桿上錦旗飛舞……。

上文寫穆易（楊鐵心）為女兒招親，引出小王爺（楊康）與郭靖較技。文中「只見他刺、扎、鎖……」是誰見了？——是穆易。「只見槍頭上紅纓閃閃……」是誰見了？——是穆易。「誰知竟在金國京城之中出現」，這個「誰」，是哪人了？是穆易。誰心裏知道這門槍法是楊家獨門功夫？是傳子不傳女的？——也是穆易。這段打鬥的描述，完全是書中人穆易所見，見而所思的，也是書中人穆易所思。作者把穆易眼睛，耳朵所接觸到的事物，全部都移借給我們讀者觀賞。穆易所見成了讀者所見，穆易所思成了讀者所思。穆易站在比武圈外看比武，我們也站在比武圈外看比武。能替讀者帶來這樣的切身感受，皆因拜這種第二人敍事觀點的小説寫作筆法所賜。

金庸常愛用這種筆法寫小説，將讀者直接帶入書中人物內心世界，使讀者感受到虛構的古代人物的感受。在《笑傲江湖》恒山派女尼定靜師太帶領門徒涉足江湖一段，更把這種筆法發揮得淋漓盡致：

但見一家家店舖都是上了門板，廿八舖説大不大，説小不小，也有幾百家店舖，可是一眼望去，竟是一座死鎮，落日餘暉未盡，廿八舖的街上已如深夜一般……。

便在此時，忽聽得東北角傳來一個女子聲音大叫「救命、救命！」萬籟俱寂之中，這尖鋭的聲音特別淩厲。

隔了好一會，忽然那女子聲音又尖叫起來……于嫂躬身答應，帶六名姊妹，向東北方而去。可是説也奇怪，這七個人去後，仍如石沉大海一般，有去無回。

這段寫恒山派敵人早有佈置，借定靜師太驚疑莫測的感受，寫出詭異之極的氣氛，讀者看來恍如置身其境，也是這種第二人敍事觀點（有稱之為旁知觀點）運用得心應手而致。

除了敍事筆法外，金庸作品尚有與唐代豪俠小說相擬之處。如〈虯髯客〉之借用歷史及歷史人物，利用歷史空檔。金庸作品與《三國演義》可說先後輝映。〈虯髯客〉的故事說因隋煬帝幸江都，命司空楊素守西京，因而引出李靖，再因李靖得劉文靖之引，得見「不衫不履」、「神氣揚揚」之李世民。小說寫得活靈活現，可使人信以為史實。今人饒宗頤早已考據得故事實為虛構。亦可由此見到作者借用歷史的手法天衣無縫。金庸作品中借用歷史人物比比皆是。更「創造」歷史人物（如郭靖為成吉斯汗金刀駙馬，韋小寶為康熙至寵信宦官），栩栩如生，天衣無縫不讓〈虯髯客〉專美。豪俠小說中有類仿歷史所載的寫法，如〈聶隱娘〉中隱娘鬥精精兒之描述，與《通鑒》卷二五四中描述極近似，當然在小說中再有文人之潤色。金庸作品中不乏歷史事態之描述，作者在這方面亦優而為之。

強烈的中國傳統文化氣息

金庸作品中反映著強烈中國傳統生活化氣息，與唐代豪俠小說反映中國傳統社會的步伐一致。由於金庸作品多是長篇小說，字數比唐代短篇的豪俠小說多出許多倍。所以作品中涉及中國人文化生活的筆觸頗多。例如在巨著《天龍八部》中所說的聾啞老人蘇星河，門人「函谷八友」各擅所長。大師兄康廣陵擅音律；二師兄范百齡推圍棋；三師兄苟讀，愛書，是位宿儒；四師兄吳領軍，擅丹青；五師兄薛慕華，神醫；六師兄馮阿三，巧匠；七師妹精於蒔花；八師弟李傀儡，嫻熟戲曲。這八人所精之藝，都是國人文化生活精粹。

金庸作品中關於談及音律的尚見於《笑傲江湖》之曲洋與劉正風相交一段。任盈盈之操琴療病，黃鐘公之擅律等。《書劍恩仇錄》中乾隆與陳家洛西湖相遇，亦有論琴音。至於說曲樂戲文的可見《鹿鼎記》中韋小寶在雲南世子府及陳圓圓居處所說的欣賞曲樂。

金庸作品中書畫的描述可見於《笑傲江湖》中梅莊四友出場時丹青生和禿筆翁的論藝。《鹿鼎記》中陸高軒教韋小寶寫字取媚洪教主述及書法之道亦不少。至於棋藝的描述當首推《天龍八部》珍瓏之局，寫得至為精細。

金庸作品每有神醫出現，尤以《倚天屠龍記》中胡青牛行醫寫得最詳。關於人體經脈、氣功現象，多部作品中均有描述，使讀者認識到這種中國源遠流長的文化。使用毒藥則在《飛狐外傳》中寫得最多。

此外，尚有《天龍八部》中王夫人擅種茶花；《神鵰俠侶》的小龍女愛養蜜蜂；《笑傲江湖》

向問天和丹青生論酒；《鹿鼎記》中韋小寶在大小賭場都愛一展身手。

從上列例子中，可見金庸作品中，有極豐富中國社會傳統文化生活的素材。唐代豪俠小說中因礙於篇幅，難作如此等之詳盡描述。惟與金庸同時期出現之其他武俠小說，在這方面亦未有如金庸作品描述之廣博精到。金庸作品與唐代豪俠小說之文字均精煉優美，則毫無疑問。

應重視刀光劍影以外帶來的信息

唐代豪俠小說與金庸作品，同是寫豪俠、劍俠故事。雖有相同之點，亦有明顯不同之處。在體裁上，前者為短篇小說，後者則絕大部分是長篇。前者多寫豪俠在社會中地位不高，且多有隱遁人世傾向；小說中除了寫豪俠得人景仰之外，偏重於「述異」性質。金著則借重武術故事寫人生際遇無奈、渴望與失落，側重人性的表現和感受。

金庸自成名作《射鵰英雄傳》之後，每部作品都淡淡現出一個共有的主題：便是命運的播弄和與命運的抗衡，愈具能力的人物，愈想擺脫命運的桎梏。其中如蕭峰一生的悲劇在與命運抗衡中激起，韋小寶的奇遇每受命運牽引寫得最為明白。與此同時，金庸作品不斷作各式各樣人物人性的深刻描劃。一個成年人讀金庸作品，亦應如讀唐代豪俠小說一樣，更應重視小說那刀光劍影以外所帶來的信息。

後記

本文初稿寫於數年前中文大學主辦之武俠小說研討會上發表，適月前與北京大學孔慶東教授魚雁往還，知道北京文壇（文化界）對金著成就持異議者亦不乏人。認為金著應排諸正統文學範疇之外，氣勢儼然，乍聞之下，為之擲筆三歎。

金著是否文學作品，對有識之士而言，今日實無再探究之必要。本人亦嘗遇碩學之士拒絕接納金著，攀談之下，原來竟然未讀過金著。未曾讀過金著而又竟然可以肯定金著無文學價值，實出於心理判斷。既不客觀，又不正視現實。其他認為金著過譽之士，大多對金著印象不深，完全拿不出否定金著文學地位的理由。

其實若讀過幾本金著，便很容易感染到作品中散發著幾項重要的文學元素。其中最明顯的是金庸行文優美圓熟，駕馭文字的能力已然是一流大家高手。其次是小說中描述人和事都深刻感人、抒人情懷、展人視野。信手拈來，金庸對失落無奈的描述，對人物刻劃之深度，對人生際遇的奮搏與抉擇，有幾多個所謂嚴肅的文學作者可以企及？退一步而言，又會被他們比下去嗎?本文末段提出「應重視刀光劍影以外帶來的信息」便是因為金著有文學的內涵。金庸的作品有啟迪性,刺激我們對人生的本質一再思考,光是這一點便足以肯定金著充滿文學性。

唐代小說是中國文學瑰寶,影響後來的話本、戲曲至大。與唐代小說精神一脈相承的是清代蒲松齡的《聊齋》,而金庸的武俠小說充滿唐代豪俠小說與《聊齋》的神髓。本文前段所列舉的傳統古典小說既然被認定為文學作品,則金庸的小說更應毫無疑問地優先列入文學作品殿堂。「文學作品」不是至高無上,獨有不可企及的桂冠光環,聽到有人說金著是文學作品何須驚惶失箸?有見及此,因而拈出本文修繕,指出金著實是薪傳中國傳統文學小說的香火,亦欲一抒胸中塊壘。

一九九八・《作家雙月刊》

附錄二

金庸小說是否媚俗

楊興安

在談及金庸小說的話語中，有人認為金著只是媚俗的小說，而武俠小說是麻痺媚俗作品，不入流。而真相是怎樣呢？

研究小說的學者，大都同意我國小說發軔於唐代。魯迅《中國小說史略》說：「小說亦如詩，至唐代一變。雖尚不離於搜奇寄逸，然敍事婉轉，文辭華豔，與六朝之粗陳梗概比較，演進之跡甚明。而尤顯者乃在是時則始有意為小說。」

武俠小說實是主流一脈

唐代以前小說，多屬神話及寓言，或是稗官野史，均以紀事為主，人物出現只是陪襯。至唐代始有意創作，進而鋪陳人事。郭箴一之《中國小說史》第四章把唐小說分成三類，依出現先後為神怪類，如《古鏡記》、〈南柯太守傳〉；戀愛類如〈李娃傳〉、〈霍小玉傳〉；豪俠類如〈虯髯客〉、〈聶隱娘〉。劉瑛的《唐代傳奇研究》分唐小說為五類，為志怪類、出世類、諷刺類、言情類、豪俠類。總之，豪俠類出現最晚。《史記》中〈刺客列傳〉和〈遊俠列傳〉便早寫豪俠事跡，但是以史筆敍事。鋪陳幻設以小說形式的，還是由唐代開始。

豪俠小說晚出，本身便和唐代歷史有關。中唐以後藩鎮跋扈，民生困苦。豪俠人物是孤苦無助百姓想像中的英雄，而被渲染在小說中。唐代豪俠小說之後的《水滸傳》大受歡迎，使這類豪俠小說大量出現，但卻由說豪俠的氣質轉而對武藝的描寫。宋代的俠義小說用武的描寫愈來愈多，到了民國，寫武打更別出心裁。但光武打未免單調，優秀的作家把小說加添許多其他素材。例如人情世道、男女戀愛、傳奇誌異等等。所以說，武俠小說實是我國小說主流一脈。

小說應否取悅讀者

有人以為金庸為了吸引讀者而媚俗，極其量只是個通俗、流行武俠小說作家。我們暫且不談金庸小說是否媚俗，先談小說應否取悅讀者。

小說，原來是「小悅」，提供話題，供人娛樂的意思（見羅錦堂著〈中國小說觀念的轉變〉）。郎瑛在《七修類稿》卷二十二說「小說起宋仁宗，蓋太平日久，國家閒暇，日進一奇事以娛之」。帝王藉小說消閒娛樂，平民百姓也藉小說作精神食糧。宋代興起講唱，演變為後來的說書。宋代茶坊酒肆流行說書，為大眾提供娛樂。說書的稿本後來發展成供人閱讀的小說。因此，小說為人提供娛樂的作用至為明顯。

明代袁宏道、清代金聖歎等都極力推崇小說（當然是好小說），使小說地位提高。近人梁啟超在推動政治活動時，更強調小說的重要性，在〈論小說與群治之關係〉中，闡述小說對社會、政治、人生的重大影響。小說的影響力在於讀者樂於接受，樂於接受的原因又在於小說有娛樂性。

當然，不同的讀者對娛樂性有不同的取向。但小說的基本作用是取悅讀者亦極明顯，故小說能取悅讀者不能說是一種缺點。取悅讀者的方法很多，有說他人從未見聞的傳奇故事，有藉男女、天倫的情愛宣洩讀者的感情，有對人生際遇作深刻描述而震盪讀者的心靈。金庸作品是否以媚俗手段吸引讀者，大可另章討論。對於一些不能吸引讀者的作家，自鳴清高，不肯探討別人成就之處，強說自己是「嚴肅作家」，受歡迎的作品乃媚俗，徒令識者見笑。

通俗小說與文學作品

有人認為通俗小說不能視之為文學作品，這是一種未經深思的想法。我國自有小說以來至今日的文學作品，當日都是流行的文學作品，經時日淘汰而流傳至今。翻開《中國小說史》，不用說四大古典小說，連清代的《聊齋》和《老殘遊記》都是當日的流行小說。這種情況中外皆然，英國的莎士比亞、狄更斯，法國的大仲馬、雨果，美國的馬克吐溫、海明威等作家，許多作品都是當日的流行作品，通俗（非粗俗）而易於為人接受，都造成他們不朽的文學地位。

但反過來說，通俗的流行作品卻不能一律視之為文學作品，文學作品都應具有本身的文學價值和內涵：能激盪讀者的內心深處，能啟迪讀者反省與思考。何謂文學作品？釋義可能略有不同，但筆者總的認為作品對人性、對生命的感受有深刻的描述，而文字優美的作品，都可視之為文學作品。文學作品追求感染力，甚而沒有是非的判斷（讓讀者自行判斷），但都能作出美感的傳遞，或感情的抒懷，或睿智的思考。小說中能達到這樣的境界，都可視之為文學作品。

文學作品的求真

也有人認為文學作品，應述人世間真實的故事。筆者當然反對這種目光淺窄的論調。首先，我國許多文學作品都是描述玄怪的故事。以神魔小說《西遊記》為例，便是描述人間以外神魔鬼怪的故事，卻無損它的文學地位。民國初年政治學者薩孟武著有《西遊記與中國古代政治》（台灣三民書局出版），析述《西遊記》折射的中國社會的政治狀況，以中國歷史為據來評論古代社會、政治、人心，教人擊節讚賞。沒有這樣的慧眼，怎會相信一隻猴子的故事，竟蘊含這樣高超的寓意和哲理？而《西遊記》也符合小說的要求——為讀者提供娛樂。

有些人認為文學作品要真，描述要符合科學的基本常識。這是文學視野不廣的話。什麼是「真」？用相機拍下的照片是不是你？真的是你！但照片並不是你——因為你有血有肉、有呼吸，而照片只是一張相紙，怎會是你？文學視野的真，不同生活上的真。小說是創作，更應有空間給讀者想像，而與生活上的真保持距離。小說中有真，便是事可假，情要真。

金庸小說是近世紀文學巨著

無論中外，小說的發展因題材焦點不同而衍生許多不同類型的小說。我們不應說哪一類是文學作品，哪一類不是文學作品。我們評價是否文學作品是看小說的內涵而非決定於小說的類別。強將任何一類小說剔除文學作品之列，既盲目又愚蠢。武俠小說可以是文學作品，也可以不是文學作品，全看小說的內涵及表達力而定。

金庸小說的爭論，受到責難和攻擊，實在由於譽之極至，謗必隨之而生。北京王一川編文學史把金庸編為當今四大文學家之一，文壇「攻金」波濤立即湧至，絕不難解釋。其實，金庸小說並非不可責難，也非盡善盡美無懈可擊，但嚴苛的抨擊一定要有令人信服的道理，我們亦樂於見到理性的批評文章。

筆者認為好小說有四個基本元素。第一是文字暢順，為讀者帶來閱讀時的暢快；其次是內容能拓展視野，帶領讀者到一個可以求知探究的境界；第三是有美感的描述及可以藉此宣洩感情；最後能啟迪讀者的思考，讀完小說，仍不忍釋卷，悠悠深思，甚而引起爭辯。光能做到前三者已是一部好小說，卻已不多見。而金庸小說惹來不斷的探討，顯然第四點已辦到了！

附錄三

在明報輕快的日子

楊興安

能到明報任職，是我的榮幸，也可以說是一種緣分。此中緣由從何說起呢？該是讀金庸小說開始。

前緣

八十年代初離開電視編劇崗位後，創作力仍旺盛，計劃寫小說。為了打好基礎，要為分析好小說作準備，於是拿最喜愛、最嫻熟的金庸小說來分析。花了半年公餘時間，寫就《金庸筆下世界》十章，還有腹稿十章未動筆。恰好當時剛創辦的「博益」出版社徵稿，在好友勸說下，週一郵寄投稿，週二便由當時「博益」負責人施祖賢先生致電約見，他說徹夜讀完我的文章，決定替我出版，真是喜出望外。《金庸筆下世界》不久出版，我郵寄一冊給金庸，可惜未見回音。

約半年後，當時台灣最大的出版社遠景出版社社長沈登恩到香港找我，希望我寫續篇。因尚有腹稿未寫，便一口答應下來，誰知過了年半仍未著一字，沈兄表現焦急，於是不斷送贈旗下出版的論金著專集給我讀。我也問心有愧，終於拋開雜務，於三年後寫成續篇。事有湊巧，我到書局買豹毛筆練習書法，巧遇金庸伉儷也在逛書局。想到何不把新作寄給金庸，請求在《明報》逐日刊出？於是選了兩章寄出，並說自己正修讀碩士。約過了一週，竟然接到金庸親自來電，他說要聘請秘書，問我有沒有意當任？這是天大喜訊，簡直是奇跡，當即訂約會面。

與當世大文豪見面，難掩內心興奮和忐忑不安，想不到談話的氣氛很好，後來金庸主動說出薪酬，寫在一張紙上給我看，問我是否同意。我輕鬆地看了一眼，微笑點頭表示同意。能追隨金庸工作是一種榮幸，還能計較薪酬嗎？其實，恐怕至今他仍不知道，這比我上次領薪的數字低了不少。但機構性質不同，也不能比較。金庸問我什麼時候可以上班？我說十五號吧？金庸問我是否忙，我說沒事，方便算薪金嘛。他說：「下星期一吧！」我立即同意。那天是一九八八年八月八日，我成了明報的一分子。

與同事融和相處愉快

當時我的職位是「社長室行政秘書」，與公司各部門類似輻射關係，每個部門都會聯繫，但亦非恒常接觸。初期老闆叫我和社長室新同事到各部門瞭解一下，大家對我們都很客氣，遇到一些知名已久的文化人，我們都表示仰慕，其中對名記者陳非和紫微楊印象最深刻。原來此前我好些刊於《明報》三千字特稿都是紫微楊選用的，我乘機道謝。陳非則向我們說了一些報界的掌故，非常動聽。

和明報同事共事，多是融洽和暢順愉快的，有些交情維繫至今，不過暗湧還是存在。某部門的頭頭，辦公室和寫字枱亂作一團，知道是社長室來的人則有點誠惶誠恐，好像見到御林軍。聽說他此人對別人不賣賬，對下屬妄自尊大。這些聽到而難以碰到，亦恐怕是流言。好像我辭職不久，此人亦離職，在文化界消失。我曾為報社規劃一些守則，減少某部門一些資源無謂流失，看來還有微效。該部門有某君對我禮貌周周，我受之有愧。後來隔了多年此君轉職另一文化機構，向我舊交談及在明報工作時，因不知他認識我，把我罵得狗血淋頭。原來人臉與人心如此不同，恐怕是我斷了他一些利益，我聽後開懷一笑置之。

磨練書信習以致用

社長室的工作較有彈性。但我恒常的工作是要寫覆函，我撰稿再由社長修繕，滿意後才發出。初期金庸拿著我的信稿對我說：「語氣要謙虛些。」只因我認為金庸是成功人物，語氣便寫得堂皇冠冕，以為得體，原來還是要謙虛些。後來金庸又走來囑咐我：「字體要寫小些。」我隨即問原因，他說字體大，好像出告示給人家，這樣不好。隨即又說，一封信最好一張紙說完，這是他給我最初的指示。

由於當日經驗淺，學養不足。最初撰寫回函時都有欠得當之處，金庸便替我改稿，有時在旁還注明怎樣錯了，該寫什麼。我看到改稿，既汗顏慚愧，又感激，會整日惶恐不安，對自己深責，感到不能勝任。後來要求自己首先不能犯重複錯誤，再找離我日久的尺牘涉獵多讀。漸漸金庸改得少了，後期我感到寫得未必好，但他再沒有修改我的文字了。甚而在一些初稿上附夾寥寥數字「寫得很好」，這便使我開心幾天。我衷心感謝金庸對我的包容，更感謝他對我的點撥，終身不忘。

當時國內開始接納金庸小說，引致許多讀者來信好奇詢問或表示意見，月中數量不少。記得我在職期間這類提問我都答得的當，記憶中金庸看後都沒有修改，都由他親署後寄出。

籌備報慶與社論專集

入職明報翌年剛好是明報三十週年報慶，籌備報慶不免一番工作，慶祝三十週年的標誌便是我設計的。此外籌備大型聚餐慶祝，最有意義的是本報友報的作家將聚首一堂，當為本港文化界的盛事，我亦期望見到許多心儀作家的風采。結果一番忙碌後，報慶當天暴風襲港，取消聚餐，真是大煞風景。

此外，我受命編匯「明報社論專集」，為慶祝報慶項目之一，無前題囿限。我想到《詩經》三百篇恒久傳誦，明報三十年便來三個社論三百篇，共九百篇。第一輯內容有關香港，第二輯內容關於中國，第三輯論及世界大事、人物、各地風尚、習俗等等時事問題。可惜籌備八八九九，金庸突然取消此一計劃，不知原因，但極為可惜、可惜。

歷來《明報》社論逾萬篇，因工作關係我都要瀏覽，當然有精粗之別，雖然後來取消「社論集」計劃，但在過程中我卻獲益良多，可說一生難遇，猶如得睹武俠小說中武林秘笈。原來金庸的武俠小說是《九陰真經》，社論是《九陽真經》。「社論集」是極有價值的社會大學教材，是歷史文獻。從中有社會性常識、啟發性資料、世情得失事故的探討，使我增添學養，智慧大為開啟。其中一篇「自來皇帝，不喜太子」說出道理，至今印象猶深，內文輾轉說出的道理，令人拍案。真多謝金庸先生，給我這樣的機會修煉。

因報社的運作主要是晚上，早上便較清暇，其間每週我都有幾天到太古城健身室健身，再到北角報社上班。我是練氣不練力，非想骨肉橫生。健身後洗洗澡才上班，何等輕快？報社提供午飯，六人一桌，四菜一湯，到時便吃，吃完便走，連點菜也不用費神，何等瀟灑？那時剛好跟永惺法師學靜坐，飯後在房子把燈光關了，一片漆黑，一閉眼，再張開眼，準是過了半小時有多，再重新投入工作。生活這樣有規律，身心健康也。

結緣明報月刊

後來金庸差我到明報月刊幫忙，不久調職到明報月刊，我有點不高興，想到明報已非久留之地。在月刊認識到古德明，大家談得來。古兄是位較性烈的謙謙君子，外圓內方。他的中英文造詣均深厚，做事認真，曾為一言一語而到圖書館翻查半天。每期月刊出版後，他都掏腰包請編輯部同事午飯，大抵這是「古風」，想不到是他和我同一天辭職。

在明報月刊工作沒有壓力，對我而言工作輕鬆。但過了不久，舉家批准移民海外，便離開明報。後來再回港，是另一個故事了。離開了明報，才體會到金庸為我的安排。因為他不知道我申請移民，而金庸自己也快將離開明報，便及早安排我到學術性較濃的明報月刊工作。如無事故，我可以安安穩穩輕輕鬆鬆工作至退休，有如給我一張長期飯票。我對金庸為我的費心，未宣於口，內心還是永遠銘謝。得幸金庸的知遇，使我生命中添上輕快、恒久眷念的彩筆。

責任編輯　朱卓詠
書籍設計　陳朗思
書籍排版　陳先英

書　　名　金庸筆下世界
著　　者　楊興安
出　　版　三聯書店（香港）有限公司
　　　　　香港北角英皇道四九九號北角工業大廈二十樓
香港發行　香港聯合書刊物流有限公司
　　　　　香港新界荃灣德士古道二二〇至二四八號十六樓
印　　刷　美雅印刷製本有限公司
　　　　　香港九龍觀塘榮業街六號四樓A室
版　　次　二〇二四年二月香港第一版第一次印刷
規　　格　三十二開（130mm×190mm）二三二面
國際書號　ISBN 978-962-04-5398-4